ハヤカワ・ミステリ文庫
〈HM㊼-1〉

シャーロック・ホームズ殺人事件
〔上〕

グレアム・ムーア
公手成幸訳

早川書房
7932

THE SHERLOCKIAN

by

Graham Moore

Translated by
Shigeyuki Kude
First published 2017 in Japan by
HAYAKAWA PUBLISHING, INC.
This book is published in Japan by
arrangement with
FOUR IN HAND, INC.
c/o ICM PARTNERS
acting in association with CURTIS BROWN GROUP LIMITED
through THE ENGLISH AGENCY (JAPAN) LTD.

本書は架空の歴史小説であり、本書における登場人物はすべて著者の想像の産物である。

七歳のときにミステリ小説の楽しみを教えてくれた母に。わたしは母とともにベッドに寝そべり、アガサ・クリスティーの『三幕の殺人』を交互にくりかえし読んだものだ。この仕事が可能となったのは、ひとえに母のおかげである。

シャーロック・ホームズ殺人事件

〔上〕

登場人物

〔1900年〕

アーサー・コナン・ドイル…………作家

トゥーイ（ルイーズ）………………ドイルの妻

ブラム・ストーカー…………………作家。ドイルの友人

ミラー………………………………スコットランドヤードの警部補

モーガン・ネメイン
サリー・ニードリング ……………殺された女性

〔2010年〕

ハロルド・ホワイト…………………〈ベイカー・ストリート・イレギュラーズ〉の新会員

ジェフリー・エンゲルス
アレックス・ケイル
ロン・ローゼンバーグ …………同会員

セイラ・リンジー……………………記者

ジェニファー・ピーターズ…………アレックス・ケイルの妹

セバスチャン・コナン・ドイル……コナン・ドイルの曾孫

1　ライヘンバッハの滝

あなたの脳髄の触手でもってこの事実をしっかりと把握してもらいたい。人形とその製作者に、類似点はなにもないのだ。

——サー・アーサー・コナン・ドイル
一九一二年十二月十二日付《ロンドン・オピニオン》紙

一八九三年八月九日

アーサー・コナン・ドイルは眉をぎゅっと寄せて、殺人のことだけを考えていた。
「彼を殺すとしよう」ぶあつい胸の前で腕を組んで、コナン・ドイルは言った。スイス・アルプス高地の空気が、一インチほどもあるアーサーの口ひげをくすぐり、吸った息が耳から外へ吹きだしているように見えた。頭部のかなり後ろ側にあるアーサーの両耳が絶えずひくつき、なにかを、背後の遠方にあるなにかを、聞きとろうとしているようだった。がっしりした体軀の男にしては、鼻梁が際立って鋭角的だ。つい最近、髪が灰色になり始めたばかりだが、アーサーはその進行を願わずにはいられなかった。まだ三十三歳という年齢だが、彼はすでに名だたる作家になっていた。国際的な評価を得た文学者として生きていくには、淡い黄土色の髪のままより、枯れた風貌になるほうが好都合なのでは？

アーサーの旅の道連れのふたりが、彼の立っている岩棚へのぼってくる。そこはライヘンバッハの滝《フォールズ》の、ひとがのぼりうるもっとも高い地点にあたっていた。ふたりのうちのひとり、サイラス・ホッキングは聖職者で、アーサーの本拠地である遠いロンドンにおいては小説家としてよく知られている。彼の最新の宗教書『彼女のベニー：路上生活者の物語』は、アーサーに高く評価されることになった。もうひとりのエドワード・ベンソンはホッキングの知人で、社交的なその友人よりずっと物静かだ。アーサーはふたりとはこの朝、ツェルマットのリッフェル・アルプ・ホテルの朝食の席で会ったばかりだったが、秘密を打ち明けても安全な男たちだと感じていた。このふたりになら、わが内心を、わが不吉な計画を、打ち明けてもだいじょうぶだろうと。

「実際、彼は肩にしがみついて離れない重荷《オールドマン・オヴ・ザ・シー》のようなものになっていて」アーサーはことばをつづけた。「わたしは、彼を終わらせる意図を固めたんだ」

ホッキングが息を切らしながらアーサーのかたわらに立ち、眼前に大きくひろがるアルプスの山並みをながめやった。彼らの数ヤード先に積もっている雪が解け、何千年も前から山中を流れくだって下方の泡立つ滝壺へ轟々と落下してきた膨大な水流に呑みこまれていく。ベンソンがミトンをはめた手で硬い雪玉をつくり、下方の淵へでたらめに投げ落とした。落ちていく途中、雪玉は強風に吹かれて砕け、ばらばらになって下方の空気のなかへ没していった。

「終わらせなければ」アーサーは言った。「彼がわたしを死なせることになるだろう」

「それは、旧友に対していささか厳しすぎるとは思わないか？」ホッキングが問いかけた。「彼はきみに名声をもたらした。きみと彼はぴったりの組み合わせなんだ」

「そして、ロンドンでは、彼の名があらゆる三文小説のなかに登場するようになった。わたしは彼に、自分自身よりはるかに大きな名声を与えた。いろんな手紙が届くことは、きみも知っていよう。〝わたしの愛猫がサウスハムステッドで消えてしまいました。シェリー・アンという名の雌猫です。あの子を見つけていただけますでしょうか？〟とか、〝母がピカデリーで辻馬車《ハンサム》を降りるときに財布を盗まれました。犯人がだれか、推理していただけますか？〟とか。だが、これの問題点は、どの手紙も宛先がわたしではないことだ。どれも、宛先は彼になっている。だれもが、彼は実在すると考えているんだ」

「そう、きみを賛美する読者たちはそう考えている」懇願口調でホッキングが言った。「きみは彼らのことを考えたことがあるかい？　ひとびとはみな、あの男をこよなく愛しているんだよ」

「わたしより彼を愛しているんだ！　母から手紙が来たことを知っているかね？　母は、わたしが母からの依頼はなんでも引き受けると承知のうえで、隣人のビーティに贈る本に〝シャーロック・ホームズ〟のサインを記してくれるようにと頼んできたんだ。想像できるか？　わたしではなく、彼のサインをしてくれとは。母は、わたしのではなく、ホームズの母親のような調子で語りかけてくるんだ。くそっ！」アーサーは急にこみあげてきた怒りを抑えこもうとつとめた。

「わたしのよりよい作品は無視されている」彼はつづけた。「『マイカー・クラーク』は？『白衣隊』は？　バリー君（ドイルの友人である作家、ジェイムズ・バリーのこと）との共著でものした、あの魅力的な戯曲は？　どれもこれも、ぞっとするほどくだらない冒綺譚のせいで、ないがしろにされてきた。さらにまずいことに、彼はわたしに時間の浪費をさせる。もしまた、ああいう複雑なプロットを練りあげねばならなくなったら――寝室の鍵をつねに内側から掛けておき、解読不能な死者からの最終メッセージ、つまり、最初はまちがっているように見えて、それが明らかな解決であるとはだれも思わなかった結末が浮かんでくるのを待つはめになってしまう――あれは消耗する作業だ」

アーサーは自分のブーツに目をやった。かがめた頭に倦怠感が表われていた。

「率直に言って、わたしは彼を憎んでいる。わが心の正気を保つには、彼にさっさと死んでもらわなくてはいけないだろう」

「だとしても、どうやってそれをやるんだ？」ホッキングが茶々を入れた。「どうやって、偉大なシャーロック・ホームズを死なせるのかね？　心臓を刺す？　喉を切り裂く？　吊し首にする？」

「吊す！　ああ、それは心を癒やしてくれることばではある。だが、いやいや、もっと壮麗なものでなくてはならない――なんといっても、彼は英雄なんだ。彼に最後の事件を与えよう。そして、ひとりの悪人を。今回は、彼に対してしかるべき悪人を配する必要がある。死ぬまで戦う、ひとりの紳士を。彼はより偉大な善のために身をささげ、ふたりはどちらも死を迎える。そんなふうな筋書きだ」

ベンソンがまた雪玉をこさえ、そっと宙に投じた。アーサーとホッキングが見守るなか、それが行き先不明の弧を描きつつ空へ没していく。

「葬儀費用を節約したいということなら」ホッキングがくすっと笑った。「この断崖から落下させてやればいいんじゃないか」

彼は反応をたしかめようとアーサーに目をやったが、相手の顔に笑みは浮かんでいなかった。それどころか、アーサーは眉をひそめて、ひどいしかめ面になっていた。それは、彼がもっとも深い思考にのめりこんでいるときに見せる顔つきだった。

アーサーは、下方で泡立つ滝壺を凝視していた。流れ落ちる水の音が聞こえ、それが岩だらけの川へとつづく滝壺の縁に激突する轟音が聞こえていた。アーサーはふいに恐怖を覚えた。自分が下方の岩に落下して死ぬ光景が目に浮かんできた。医師であるアーサーは、人体がいかにもろいものであるかをよく知っていた。この高みから落ちれば……あの下へ落下して、岩にたたきつけられ、跳ねあげられ……自分の口からすさまじい悲鳴が発せられ……大地との激突の衝撃で手足が引き裂け、あたりの草が自分の血で染まるだろう。そしていま、思考のなかで、自分の肉体が消え失せ、別の人物が取って代わっていた。もっと細身で、もっと背の高い男に。栄養不良のような痩身で、鹿撃ち帽《ディアストーカー・キャップ》をかぶり、ロングコートを着た男に。金属のように硬い岩の上に落ちたその男のいかめしい顔から、表情が完全に失われていた。

殺す。

2 〈ベイカー・ストリート・イレギュラーズ〉

「ぼくの名はシャーロック・ホームズ。他人の知らないことを知るのが、ぼくの仕事でね」

――サー・アーサー・コナン・ドイル「青いガーネット」

二〇一〇年一月五日

五ペンス硬貨がハロルドの掌に転がり落ちた。表側を上にして落ちた硬貨は重く感じられ、ハロルドは擦りきれたその硬貨を手のなかに包みこんだ。何秒かぎゅっと握りしめてからようやく、自分の手が震えていることに気がついた。室内に喝采が響き渡る。

「やったね！」

「仲間入りだ！」

「おめでとう、ハロルド！」

笑い声が聞こえ、また喝采があがるのが聞こえた。だれかの手がハロルドの背中をたたき、別の手が彼の肩を温かくつかむ。だが、ハロルドには、右手のなかにある硬貨のことしか考えられなかった。ハロルドの左手には、真新しい証明書があった。その左下隅に貼りつけられていた硬貨が、ハロルドが興奮しすぎて証明書をつかんだために、そこから外れて落下し、ハロルドはそれを宙で受けとめたのだった。彼はちっぽけな銀貨を見おろした。ヴィクトリア時代の一シリング、当時は五ペンスの価値しかなかったものだ。いまははるかに大きな価値があるだろうし、ハロルドにとっては財宝並みの価値があった。目の隅に浮かんできた涙を、彼はまばたきをしてふりはらった。この硬貨は、彼がやってのけたことを意味する。なにかをやり遂げたことを。自分が属すべき場所にたどり着いたことをだ。

「ようこそ、ハロルド」背後から声があがった。だれかが彼の頭に鹿撃ち帽をのせる。「〈ベイカー・ストリート・イレギュラーズ〉への入会を許可する」

ハロルドがこれまでずっと聞きたいと思っていたことばだったが、いまやっとそれを耳にすると、異国語めいた奇妙な響きが感じられた。そこにいる全員が——二百人ほどの人間が笑い、冗談を飛ばし、背中をたたきあいながら——ハロルドに拍手を送っていた。このハロルドに。ハロルド・ホワイトは二十九歳、痩せっぽちで、眉が濃く、乱視眼鏡をかけていて、その手は汗ばみ、震えている。

ハロルドは信じられない気分だった。自分はほんとうにそれほど歓迎されているのだろうか。だが、それはほんとうだった。自分はここの一員になれたのだ。〈ベイカー・ストリート・イレギュラーズ〉はシャーロック・ホームズの研究をもっぱらとする団体としては世界屈指のものであり、ハロルドはその最新参メンバーとなったのだ。

一昨年、ハロルドの書いた論文が〈イレギュラーズ〉の季刊誌《ベイカー・ストリート・ジャーナル》に掲載された。ハロルドがつけたタイトルは「血痕の陳旧度測定：シャーロック・ホームズと近代鑑識学の基礎」。ホームズがエドゥアルド・ピオトロウスキー医師の業績を応用して、それを初めて実地におこなったのは『緋色の研究』においてだった（〝一八九〇年代にクラクフで開業医をしていたピオトロウスキー医師は、数匹の子兎の頭部をたたき割り、頭蓋からの血の飛散パターンを記録した。ホームズの実験も同様におぞましいものだったが、彼には少なくとも自分の血と自分の頭蓋を実験に用いるだけのたしなみはあった〟とハロルドは書いた。そこはその論文のもっともおもしろい一節だったと本人は思っている）。その後、ハロルドはさらに二本の論文を書き、それらは規模の小さいシャーロッキアン雑誌に掲載された。そして今夜、初めて〈イレギュラーズ〉の定例招待夕食会に出席することになったのだった。〈イレギュラーズ〉夕食会の招待客たちのなかに身を置くだけでも大きな名誉なのに——会員の資格まで与えられるとは、たいした業績もない、こんな若い男にそんなことがあっていいものだろうか？　こんなに早く、初めての夕食会のあとで、イレギュラー会員の資格を与えられた者がほかにいるとは、ハロルドには考えられなかった。

ハロルド・ホワイトは、だぶついた安手のブラックスーツにチキン料理のソースの染みがついたネクタイという姿で、人生におけるもっとも誇らしい瞬間を迎えていた。頭にのせられたすばらしい格子縞の鹿撃ち帽を、きちんとかぶりなおす。この帽子はこれまでずっと、自分のいちばんお気に入りの持ちものだった。手に入れたのは十四歳のときで、初めてシャーロック・ホームズの魅力に取り憑かれたそのとき以来、ハロウィーンにはいつもあの有名な探偵の扮装をしてきた。ホームズへの愛が、子どもっぽいのぼせあがりからおとなとしての研究心へと成長するにつれ、かつては扮装の一要素でしかなかった帽子を毎日かぶるようになっていった。プリンストン大学の卒業式でも、そのときだけのために飾り房をてっぺんに縫いつけはしたものの、やはりこの帽子を誇らしくかぶっていたのだ。多感な十代が過ぎて、退屈な二十代にさしかかると、この帽子はカクテル・パーティや秋のピクニック、どんどん増えていく友人たちの結婚式といった機会において、おおいにハロルドの役に立ってくれるようになった。ニューヨークのある出版社の編集助手という、初めてのキャリア志向の職を得たときも、これをかぶっていた。いちばん長くつづいたガールフレンド、アマンダと別れたときも、これをかぶっていた。ハロルドは彼女のことはだれにも語らないが。

〈イレギュラーズ〉の夕食会は毎年、シャーロック学《シャーロッキアーナ》の集会がたけなわになる週の最中に、四四番ストリートに面するアルゴンキン・ホテルで開催される。通常は、ホームズの誕生日にあたる一月六日を中心として四日間、全世界のシャーロッキアン団体がニューヨークに集まって、シャーロック・ホームズの誕生を祝う。講義、周遊、書籍へのサイン、ヴィクトリア朝時代のアンティークや初版本の販売——そこが、シャーロック・ホームズ愛好者の楽園と化すのだ。

けれども、三桁にのぼるシャーロッキアン団体のなかでも〈ベイカー・ストリート・イレギュラーズ〉はもっとも古く、もっとも有力で、もっとも排他的なものだ。ハリー・トルーマンやフ《F》ランクリン・デ《D》ラノ・ロ《R》ーズヴェルト、そしてアイザック・アシモフも会員になりたいと申し出た。定例夕食会に出席できるのは〈イレギュラーズ〉の会員のみであり、ごく少数の招待客は全世界のシャーロッキアンたちにとって羨望の的なのだ。〈イレギュラーズ〉は、周知のごとく、一月六日がホームズの誕生日であると演繹推理した責任も担っている。アーサー・コナン・ドイルは実際には、〝正典《カノン》〟（CANONはCONANのアナグラム）——すなわち、シャーロック・ホームズのオリジナルの冒険を描いた四つの長篇と五十六の短篇——のなかで一月六日という日付を記したことは一度もない。しかし、〈イレギュラーズ〉創設者のひとり、クリストファー・モーリーがそれらの物語をタルムード（モーゼが伝えたとされる『口伝律法』をおさめた文書群で、ユダヤ教の主要宗派の多くが聖典と認めている）編集者のような細心さで読むことによって、外延的に、一月六日がホームズの誕生日である可能性がもっとも高いと提示したのだ。ほかの団体はすべて〈イレギュラーズ〉の〝派生〟グループと目され、団体を結成するには〈イレギュラーズ〉から公式の認可を受ける必要がある。〈イレギュラーズ〉会員になるための申請書などは存在しない——シャーロック研究の分野における顕著な人間になれば、あちらがあなたに目をつけてくれる。そして、〈イレギュラーズ〉のリーダーたちがあなたをふさわしい人物と見なしてくれれば、一シリング硬貨が貼りつけられた書類を与えられ、それにサインをして会員になるというわけだ。その硬貨が、いまハロルドが手の甲が白くなるほど固く握りしめている、この色褪せた古い銀貨だった。

喝采がやんで、おしゃべりが始まった。ダイニング・テーブルの椅子が押しさげられて、会員たちが立ちあがる。テーブルには白いリネンのナプキンがかけられ、その上に食べかけのチキン料理やボイルされた野菜類が載っていた。スコッチのタンブラーがぐいと空けられて、飲みほされる。あちこちで握手がされ、さよならのことばが交わされた。

シリング銀貨を握りしめているハロルドは、ふいに気まずさを覚えた。初めて〈イレギュラーズ〉のことを知ったときからずっと、この瞬間を空想してきたのだ。そしていま、それが終わった。この気分をふりはらうには、つぎになにをすればいいのだろうと思った。この達成感をしっかりと心にいだいておきたいし、日常生活の退屈な喧噪のなかにそれを埋没させてしまいたくない。ハロルドは、銀食器類やよごれたフォーク、なまくらなバターナイフなどをプラスティック容器にほうりこんで回収している給仕たちを見つめた。

ハロルドはロサンジェルスに住み、フリーランスの文芸研究者として仕事をしている。以前の勤め先は主として映画会社で、彼が雇用されたのは、会社の法律部門が著作権侵害訴訟に対抗するためだった。もし怒った小説家がその夏最大の呼び物となるアクション映画の製作会社を訴え、それは自分が二十年前に書いて、ろくに売れなかった政治スリラー小説の剽窃だと主張すれば、ハロルドの出番となって、短い反論を書くことになる。実際には、どちらもが、ベン・ジョンソンのあまり知られていない戯曲とか、ドストエフスキーの難解な短篇のひとつとか、あるいはまた、やはりあまり世に知られず、やはりすでに著作権が切れている作品のひとつを基本的な設定としているといったようなことをだ。ハロルドの名は、映画会社が別の映画会社を訴えるというまれなケースをのぞき、それら映画会社の法律部門においてよく持ちだされ、よく賞賛されたものだ。

ハロルドがそういう地位に就けた主たる要因は、なんでも読むということだった。彼はひたすら書籍を、小説を読みつづけてきた。これまでに出会った人間や雇用主に、彼より数多く本を読んだ者はいなかった。この年齢でそこまでやり遂げることができたのは、高度な速読能力があったらばこそだ。子どものころ、シャーロック・ホームズのあらゆるミステリ小説をこつこつとページをくりながら読んでいたとき、このあと起こる事件はなんなのかを知りたいという願望――動物的な欲求――が湧き起こってきた。物語を読みきるのに、耐えられないほど長い時間がかかったのだ。そこで彼は、速読の自習本をメールオーダーで取り寄せ、独習した。仲間の児童たちは、だれでも四百ページの小説を二時間で読め、なおかつそこに含まれている膨大な量の情報をものにできるというのは考えられないとして、速読法の可能性をからかったものだ。だが、ハロルドにはできた。そして、仲間たちに見張らせながら何冊もの本を読み、プロットの諸要素や物語の記述に関して質問をさせることで、そのことを証明してみせた。案の定、ハロルドは、シカゴの小学校の同級生のだれよりもたくさんの情報を、より速く得られるようになったし、それはプリンストンでの大学時代でも、それ以後の成人としての人生においても同様だった。

「ハロルド！」よく響く太い声が背後から届いた。二本の手がハロルドの左右の肩をぎゅっとつかむ。ふりかえって目をあげると、ジェフリー・エンゲルスの顔が見えた。頬の笑みを絶やすことはめったにない、銀髪のカリフォルニアン、ジェフリーだった。ジェフリーは気さくな人柄で、この部屋にいるシャーロッキアンたちのなかでもっとも好かれ、敬愛されている男だ。じつのところハロルドは、ジェフリーが自分を〈イレギュラーズ〉の仲間入りさせる運動をしてくれたのではないかと思っていた。とはいえ、どのみちジェフリーが真相を明かすことはけっしてないだろうから、訊かずにおくのが賢明なこともわかっていた。

「ありがとう」ハロルドは言った。

ジェフリーはハロルドのことばを聞き流した。いつもの笑みが消えて、陰気なまなざしになっている。

「事件が陰惨な方向へ転じた」静かな口調でジェフリーが言った。

「どんな方向へ？」

「殺人！」とジェフリーは答えた。

3　最後の事件

「手品師がいったん種を明かしたら、だれも感心してくれなくなるだろう」
——サー・アーサー・コナン・ドイル『緋色の研究』

一八九三年九月三日

アーサーは、たった一個のランプの光によってシャーロック・ホームズを殺した。

重い木のドアを閉じて書斎に閉じこもり、アーサーはすみやかに執筆を進めていた。ライティング・デスクの上に置かれた石油ランプの淡い光が、書籍の並ぶ周囲の壁を黄色く染めている。シェイクスピアやカタラス、これからは腹蔵なくよさを認められるようになるであろうポーの著作もあった。そこには愛読書のすべてが並んでいたが、アーサーがそれらを参考にすることはまれだった。彼は確信を持って執筆する。ベッドをシーツで覆うように資料をデスクの上にひろげて、いちいちそれらを掘り起こし、つまみあげて、綿密に参照するたぐいの作家ではないのだ。『ハムレット』はいつもの位置——ドアから時計回りに部屋を四分の一周したところの、下から三段めの棚——におさまっているし、もしアーサーがホームズにまた含蓄のある警句を吐かせたくなったとしても、これはフィクションであるから、まあ不正確な引用でよかろうというわけだ。

殺人はアーサーに甘美さを味わわせる。よだれが出るほどの。太い指のあいだにはさまれた重い万年筆が、用紙にひっかかることなくすらすらとページを書き進め、それぞれのページを上から下まで黒のインクで埋めていく。プロット、読み手をまごつかせるいささか難解なトリック、そしてその仕掛けかたは、前もって綿密に練りあげてあるのだ。

まだキャリアなかばのこの時点で、アーサーはすでに疑いなく、ミステリ小説分野における英国きっての作家になっていた。それどころか、アメリカではポー以後、彼に匹敵するミステリ作家は産まれていないとあって、アーサーは、自分が世界でもっとも成功したミステリ作家と言いきっても言いすぎではないだろうと考えていた。もちろん、ミステリ小説にはトリックが必要であり、アーサーは自分がそれをわきまえていることを認めるのにやぶさかではなかった。それは、何千人といるアマチュアのパーラー・マジシャン（二十～三十人ほどの客の前で演じるマジシャン）や、サーカス団の顔料を塗りたくったジャグラーがやるのと同種のトリックだ。誤誘導《ミスディレクション》。

アーサーは犯罪にまつわる諸事実を明確に、粛々と、そして効果的に、読者の前に提示していく。重要な細部が積み残されることはなく——そしてそう、ここが真の名手たる証なのだが――重要でない細部が盛りこまれすぎることもない。不要な登場人物やできごとを山積みにして読者を煙に巻くのはかんたんだ。アーサーの意欲をかきたてるのは、少数の要《かなめ》となる登場人物を正しく動かしつつ簡潔明瞭に物語を進め、それでいて読者には解答が不明であるようにすることだ。その鍵は文章に、つまり情報の提示の仕方にある。アーサーは絶えず読者の前に、刺激的で、異様でありながら、事件に関しては基本的に重要でない諸事実を並べ、その一方、肝心な諸事実は伏せておいて、ホームズが魔法のように解いていくようにさせるのだ。

プロットをまとめあげるのは、アーサーにとって一種のゲームだった。聴衆を相手にする演奏家のように、作家は読者を向こうにまわして果てしない戦いをくりひろげる。そして、どちらか一方のみが勝利者となる。読者が結末を早々に推察するか、アーサーが最終ページまで読者を困惑させつづけるか。それはウィットのテストであり、アーサーが敗北を喫することはめったにない戦争だ。

もちろん、読者がじゅうぶんに聡明であれば、最初の数ページを読んだだけで物語の全貌を解き明かすことができるだろう！　だが、アーサーは内心、読者たちは実際には勝利を望んでいないことを理解していた。彼らは著者を相手に自分のウィットを最後までテストしたい、自分が負けていいと思っている。目くらましされていたいと。そんなわけで、アーサーの執筆の苦労は長引き、のみならず心身をひどく消耗させるものとなった。まっとうなミステリ小説を書きあげるのは、いまいましいほど面倒な仕事だと悟るに至った。そして、ここ何年か苦行をしてきて、その面倒さを味わったために、もはや生かしてはおけないまでにホームズを憎むようになったのだった。いま、その憎悪はあの鼠面《ねずみづら》の刑事にまでおよんでいた。それにとどまらず、ホームズをこれほど熱愛する読者たちにも向けられるようになった。そして、ようやく、なんともうれしいことに、最後のホームズ物語を書くことになったのだ。これっきり、あの登場人物たちとはおさらばしよう。

遅い時刻というのに、二階で子どもたちの立てる騒々しい物音がアーサーのところまで届いていた。メイドのキャスリーンが、お母さんを起こしてしまわないうちに静かにしなさいと子どもたちを叱りつける声が、かすかに聞こえた。トゥーイ（妻ルイーズの愛称）はいまごろはもう熟睡しているだろう。彼女は一日のほとんどを寝て暮らしている。病気による衰弱がそれほどひどくなっているわけではなかったが、このスイスの気候が健康の改善に役立つということはほとんどなかった。彼女はめったに外出しない。街へ出かけるなどというのは、まったくもって論外だ。だが、彼女が弱るにつれ、アーサーの決意は固くなった。彼女十九歳でわが花嫁となった愛するトゥーイ、かわいそうな妻の面倒は自分が見よう。彼女の健康のために寝室を別々にしておかなくてはいけなくても、ナニーが子どもたちの世話をすると言い張ろうが、彼女がひとりきりの寝室で徐々に衰弱していこうと……まあ、それならそれで仕方がない。自分は執筆をつづける。アーサーは規則正しい暮らしが好みで、仕事は昼間にするようにしていたが、今夜はちがっていた。夜でなければ書けない作品も、なかにはあるのだ。

アーサーはペンを急がせることなく、最後のページへと書き進めていった。いつもと同じ、太い文字でだ。ことばは、まず――普通名詞、明確な動詞、ときおりではあるが好都合な形容詞として――つぎつぎに頭に浮かび、それらを忠実に書きつけて、用紙を黒くしていく。いったんページに書きつけた文章を読みなおすことはない。単語を削除することもない。よき友人たち、バリー氏やオリヴァー氏は、新たに浮かんだ適格《モウジュースト》な表現に際限なく置き換えるのだが、彼はそんなことはしない。それは優柔不断のしるしだと、アーサーには感じられた。つぎの文章を書くために、前の文節を参照するということもしない。わかりきっているからだ。

彼の指が着実に動いて、物語の結末へと進んでいく。墓場から一通の手紙が、差出人に開封された状態で届けられてきた。〝……わたしが知りあったひとびとのなかで、だれよりも優秀で、だれよりも聡明な男だった〟とアーサーは書いた。しかるべき賛辞、よくできた告別のことばだ。最後の語のあとに、軽くピリオドを入れ、それまでに書いた用紙の束の上に置く。紙束を丁寧《ていねい》に、きちっと長方形を成すように整えてから、表が上になるようにひっくりかえす。最初のページの上部に、「最後の事件」と記した表題が読みとれた。〝まさしく〟とアーサーは思い、そのあと妙な笑みを浮かべた。ひとりきりということもあって、笑い声をあげもした。妻や子どもたちは、いや母親でさえ知らないことだが、アーサーは数年ぶりにようやく自由になったのだ。

彼は立ちあがった。上機嫌でドアのほうへよろよろと向かう。と、そのとき――あっ！ 忘れるところだった。

アーサーはスキップするような調子でデスクへひきかえした。彼はどんな心持ちだったのだろう？ 愛する人に会いにいく恋に落ちたティーンエイジャー同然だったと考えてもらうのがよいのではないだろうか。

アーサーはデスクの左側最下段の抽斗《ひきだし》の錠を解いて開き、ぎっしりと詰めこまれた書物のなかから暗色の革張り装幀が施された一冊を取りだした。それを開き、すでに彼が黒インクで書きこんだ各ページを最後のところまでめくっていく。そして、ペンを取りあげ、そこに日付を記した。そのあと、アーサーは夜はたいてい、その日のできごとのすべてと、自分が頭のなかで考えたことのすべてを記録しておくのだが、今夜はその日記に二語を書きつけるだけですませた。

〝Killed Holmes〟――ホームズを殺した――と彼は書いた。

アーサーは気が軽くなるのを感じた。肩の凝りがほぐれていた。目を閉じて、夜の空気を吸いこむ。こんなにうれしい気分になるとは。

彼は大切な日記をデスクの抽斗に戻して、きちんと錠をかけてから、ブランデーを求めて廊下へ足を踏みだした。

4　失われた日記

「このワトソン君に言わせれば、ぼくは劇的な感触にはけっして抵抗できない男なのです」

――サー・アーサー・コナン・ドイル「海軍条約文書」

二〇一〇年一月五日（つづき）

「殺人！」ジェフリー・エンゲルスが声を強めて、くりかえした。場面はふたたびアルゴンキン・ホテル。

ハロルドは間を置いた。これにはどこかひどく妙な点があるぞ。

「事件が陰惨な方向へ転じた？　殺人の方向へ？」いくぶんためらうような口調で、ジェフリーがくりかえした。

ハロルドは笑いだした。

「それは『六つのナポレオンの胸像』からの引用です」彼は言った。「一杯おごってもらわなくては」

「じょうでき！」ジェフリーがにっこり笑う。「おごってやるさ」

「いや、二杯おごってもらわなきゃいけませんね。いまの引用は正確じゃないです。〝陰惨な方向へ〟じゃなく、〝事件がおそろしく陰惨な方向へ転じた〟とすべきでしょう」

ジェフリーがちょっと考えこむ。

「たった二分前に〈イレギュラーズ〉の会員に叙せられたばかりなのに、きみときたら！　はやばやと先輩会員からむしりとりにかかるとはね。けっこう、おおいにけっこう。この調子だと、夜明けまでスコッチをおごらされるはめになりそうだ」

ハロルドが最初にシャーロッキアンの引用ゲームに出くわしたのは、この種の集会に生まれて初めて参加したときのことだった。四年前、まだ《ベイカー・ストリート・ジャーナル》に寄稿した経験もなかったころ、〈キュリアス・コレクターズ・オヴ・ベイカー・ストリート〉という、ロサンジェルスの〝派生〟団体の集会に出席した。それは〈イレギュラーズ〉よりかなり格の低い、小さなグループだった。彼らの集会は一般に公開されていた。オーク材のバー・カウンターで、ピート香のきいたスコッチの杯を重ねつつ――シャーロッキアンはみな、ハロルドに判断できたかぎりでは、アイスキューブは毒物が原料であって、ゆえに信用してはならないと考えているように見えたものだ――彼らはシャーロック・ホームズの小説からの引用を言いあっていた。会員のひとりが大声でなにかの引用を言う。たとえば〝ぼくは当て推量はけっしてしない。それは不埒《ふらち》な習慣で、論理能力の破壊につながるものだ〟。すると、その右側にいる男もしくは女が、引用元の物語のタイトルを口にする——この場合なら、『四つの署名』と。その答えが正しければ、こんどはその人物が大声で引用を言い、その右側にいるシャーロッキアンが答えを出す。最初にまちがった彼もしくは彼女がそれまでの酒の勘定を支払って、ゲームが再開される。シャーロッキアンのほとんどは高級なスコッチが好みで、しかも大量に飲むことを考えあわせれば、新参あるいは経験の浅い会員はアメリカン・エキスプレス・カードを支払限度額まで使うことになりそうだった。

「これは、ぼくにとって〈イレギュラー〉としての最初の夜だし」ハロルドは言った。

「会員になれたことに関しては、あなたのほうがちょっぴり貢献度が高いでしょう。だから、ぼくがあなたに一杯おごるべきだと思います」

ジェフリーの笑みが返ってくる。

「なにが言いたいのか、さっぱり見当がつかないな。よし、バーへ行くとしよう」

数分後、ハロルドはジェフリーと並んでバーのストゥールにすわり、バーボンをすすることになった。飲み騒ぐ一団がバーのピアノに無害なクーデターを決行し、古いシャーロッキアンの小曲を歌っていた。バーテンダーが彼らを非難と困惑の入りまじった目で見つめていた。

「すべての〝正典〟の友へ
罪ある者もそうでない者も
こぞって杯を手に取り、高くかざせ
ホームズとワトソンの時代のために」

酔っぱらいの一団が、『その昔《オールド・ラング・ザイン》』の歌を歌う。調《ちょう》もリズムも外れていたが、ハロルドにしても、正しい音階を尊重して歌われるシャーロッキアン・ソングを聴いたことがあると言いきる自信はなかった。

まもなく、ハロルドとジェフリーは例の日記について話しあうことになった。ハロルドは、この夜、そのことを話しあった人間はひとりもいなかったのではないかと思っていた。歌と酒は気晴らしであるにすぎず、実際には、ただひとつのことが、このアルゴンキン・ホテルに集まった三桁にのぼるシャーロッキアンの心に取り憑いていた。アーサー・コナン・ドイルの、失われた日記。その失われた日記が、ついに発見されたのだ。

コナン・ドイルの死後、日記の一冊が失われていた。あの作家は人生を通じてつねに、日々の活動を詳細に日記に記録していたのだが、没後、その妻と子どもたちが彼の書き残したものを調べたところ、妙なことに一冊の日記がなかった。一九〇〇年十月十一日から十二月二十三日までの、インクでよごれ、擦りきれた革張りの日記だけが、見つからなかったのだ。そして、その日から一世紀以上ものあいだ、研究者や遺族のひとびとがそれを見つけようとしてきたが、だれも発見することができなかった。失われた日記は、シャーロック研究者たちの聖杯《ホーリー・グレイル》（キリストが最後の晩餐のときに用いたとされる酒杯で、それを探しだすことが円卓騎士団の最高の務めとなる）となった。それには莫大な価値があり――もしサザビーのオークションに出品されたら、たぶん一千万ドルの値がつくだろう。だが、より重要なのは、影響力の大きさからして、世界でもっとも偉大と言える、あのミステリ作家の精神に通じる窓をそれが開いてくれることだ。過去百年以上にわたり、研究者たちはその日記の内容についてあれこれと仮説を立ててきた。未完となった作品の原稿？　コナン・ドイル自身に関する秘密の告白？　それにしても、いったいどうしてそれは完全に消え失せてしまったのか？

アルゴンキンにおけるこの夕食会の三カ月前、〈イレギュラーズ〉の各会員は仲間の〈イレギュラー〉であるアレックス・ケイルから、じりじりさせられる一通のEメールを受けとった。それにはこう記されていた。〝わたしが日記を発見した。それを提出できるよう、必要なすべての手配をお願いしたい。それと、これは今年の定例集会まで内密にしておいてもらいたい〟。

それは、この種のドラマがとくにお気に入りのアレックスにとっても、じつにおいしい謎解きだっただろう。そのあとすぐ、無数のEメールが地球の周囲をあわただしく飛び交うことになった。〝彼は本気か？〟。〝彼はあの日記とは言っていないのでは？〟。〝彼は二十五年間もあのしろものを探してきて、いまやっと見つけたというのか？〟。〈ベイカー・ストリート・イレギュラーズ〉の会員たちが疑うような反応を示したのは、来《きた》るべきショックから心を守ろうとしたからにほかならない。彼らはそれからの三カ月を、興奮と不安、うずうずする期待をいだき、心の暗部に嫉妬を宿らせつつ、すごすことになるのがわかっていたのだ。

アレックス・ケイルはすでに、もっとも大きな業績をあげたシャーロッキアンだった。〝彼はシャーロック・ホームズに関する世界最高の専門家ではない〟と反論するのは困難だが、ではあっても、〈イレギュラーズ〉には彼に同意したがらない専門家が少なからずいた。それでも、もちろん、そのライヴァルたちも、コナン・ドイルの失われた日記を発見する者がいるとすれば、それはアレックス・ケイルだろうと語っていた。彼にはカネがあり、自由な時間がある。どうやら、亡き父親が尽きることのない信託基金を彼に遺したらしい。

それはさておき、いま飲み、笑い、居眠りをし、あるいは、少数派だが、アルゴンキン・ホテルのなかで愛を交わしている、ハロルドやジェフリーをはじめ、三桁にのぼるシャーロッキアンたちの胸中にある最大の疑問は、こうだった。アレックスはどこで日記を発見したのか？ そして、どうやって発見したのか？

最初のメッセージを発信したあと、アレックスはEメールに返信するのをやめていた。電話にも応じなかった。手紙にも返事を書かなかった。彼はいつも、それなりの誇りを持って、古風に流麗な手書きの文字で返事を送ってきたのだが。そのうちようやく、ジェフリー・エンゲルスによる度重なる連絡の試みに応えて、アレックスが一通のメッセージを送ってきた。それをメッセージと呼べるとしての話だが。

〝尾行されている〟とアレックスはジェフリーに書いてきた。〝またすぐ続報〟。

文法を省略した電報文で、ジェフリーにも、アレックスが冗談を言っているのか正気を失いかけているのか、判断がつかなかった。彼がアレックスのメッセージを会員たちにまわすと、アレックスはこの件ではちょいとおふざけがすぎる、風変わりな謎をふっかけるにしてもいささか度が過ぎている、というのが衆目の一致するところとなった。たしかに、くだんの日記は貴重なものだろうが、だれかが――得体の知れない人物が――ロンドンの自宅で暮らしているアレックスの尾行をするというのは？　アレックスはからかっているのにちがいない、と彼らは考えた。だが、ハロルドは、風変わりなものが好みの彼は、心に恐怖を宿していた。もしほんとうに、だれかがアレックス・ケイルに危害を加えようとしているのだとしたら？

「わが最善の推測を教えようか？」ジェフリーが言った。「作品。見棄てられた原稿。コナン・ドイルは、これは屑《くず》だと判断して、隠してしまった。自分の基準に達しない作品がだれかに発見されて、出版されるのがいやだったんだ」

「そうかも」ハロルドは言った。「でも、コナン・ドイルはその生涯で数多くの作品を刊行しています。そして、いいですか、冒瀆したりするつもりはさらさらないですが、そのすべてが珠玉の作品だったわけではありません。『ライオンのたてがみ』は？　『マザリンの宝石』は？　言いたいことはわかるでしょう」

ジェフリーが笑う。

「わたしはずっと、ああいう後期の作品を書いたのはコナン・ドイルじゃないって見解をとってきたんだ。ああいうのは彼らしくない。しかし、例の日記は一九〇〇年の秋からのものだ。彼は『バスカヴィル家の犬』を執筆する準備をしていた。わたしに言わせれば、おそらくあれが彼の最高作だろう」

「ええ」ハロルドは言った。「確信はないんですが……なんとなく、その内容は作品に関するものじゃないような気がしまして。思うに……」

ハロルドは言いよどんだ。声に出して言うと、ばかみたいに聞こえるように感じたのだ。

「それは……？」ジェフリーがせっついた。

「つまり、こういうこと……日記の内容は、なにかの秘密でしょう。だれにも知られたくなかった、なにか。自分自身のために書いた、なにか。自分自身のためだけの。彼は日記を熱心につけていました。ものごとを紙に書き記すのが好きだったんです。日記は心の癒やしになりますしね。しかし、内容がなんであるにせよ、彼はそれを世に知られたくなかったんです」

ジェフリーの電話が鳴りだした。ピィピィとビィビィの中間のような音だった。ジェフリーが画面を見て、ちょっと失礼とハロルドに手をふってから、電話に出る。

「うん？」とジェフリーが言い、しばらくして、「ありがとう」とつづけた。

ハロルドは当惑して彼を見つめた。

「じゃあ、きみは日記の内容はなにかの秘密だと考えてるんだな？」ジェフリーが言った。

「そういうことなら、いっしょにたしかめてみたらいいんじゃないか？」

ハロルドはまだ困惑しきりだった。

「さっきのはコンシェルジュからだったんだ」ジェフリーがつづけた。「アレックスがチェックインしたら、すぐに知らせてくれるよう、彼に頼んでおいたんだ」満足げに、またほほえんだ。「ケイルはロビーにいる。謎を解決しに行く気はあるかい？」

ハロルドは自分のドリンクをひっくりかえしてしまいそうな勢いで、ストゥールからさっと立ちあがった。

そして、モリアーティ教授を追いかけるホームズのように、広いダブルドアを押し開けた。ジェフリーが笑みを浮かべたままあとにつづき、まばゆく照らされたロビーに出ていく。

アレックスは——ジェフリーの言ったとおり、実際にアレックス・ケイルがホテルのフロント係の前にいて、宿泊カードにサインをしようとしているところだった——厚手のトレンチコートのボタンを上まできっちりと留めて着こみ、重そうに見えるブリーフケースを右手に持っていた。ブリーフケースを左手に持ち替えて、カードへのサインをすませる。アレックスは年老いてはいるが、いまも付き合いがよく、多数のパーティに参加するだけでなく、みずからも主宰し、自分が参加しない場合でも、ほかのみなに、上機嫌で一杯やれそうだという期待を持たせてその気にさせるこつを心得た男だ。ハロルドは以前に一度、シャーロッキアンの行事でアレックスに会ったことがあり、アレックスの名はシャーロック・ホームズの名と同じくらい古くから知ってはいたが、そのひととなりをよく知っているわけではなかった。

「アレックス、わが旧友、来てくれたか！」ジェフリーが大声で呼びかけた。

アレックスはそちらへ身を向けたが、そのふたりが彼のほうへやってくるのを目にしても、あまりうれしそうな顔はしなかった。

「ジェントルメン」穏やかにアレックスが言った。そのアクセントは――〈イレギュラーズ〉のほとんどはアメリカ人とあって――ここではめったに耳にしない英国流だった。アレックスはブリーフケースを下に置こうともせず、仲間のふたりと抱擁を交わそうともしなかった。使用済みの濡れた紙タオルのように、ぽつねんと立っている。外では嵐が吹き荒れているにちがいない。それまで、ハロルドは気づいてなかったのだ。アレックスの瞳孔が、睡眠不足を思わせるように大きく開いていた。ほかのふたりの体を通して、その向こうを見ているようなまなざしだった。

「今週ずっと、どこにいたんだい、じいさま？　みんな、きみの不在をさみしがっていたぞ。きのう、作家のローリー・キングが、大空白時代（シャーロック・ホームズがモリアーティとともにライヘンバッハの滝に落ち、ふたたびロンドンに現われるまでの空白の三年間を指すシャーロッキアン用語）における〝あの女性〟の役割について、きわめつきにすばらしい講演をしてくれてね。なにからなにまで魅力的な話だったよ」

「講演を聴けなくて残念」本心でないのが明らかな口調で、アレックスが言った。

　彼は心得ているにちがいない、とハロルドは思った。彼とそんな話をしたいと思っている人間はひとりもいないことを。だれもがアレックスと話をしたいと思っているが、彼らが聞きたがっているのはこれからアレックスがしようとしていることについてなのだ。例の日記。あすの講演。百年あまり前からある謎の解答。

「きみはだれかね？」アレックスが問いかけた。声をかけたときも、ハロルドと目を合わせようともしなかった。

「ハロルドです。ハロルド・ホワイト。今夜、〈イレギュラーズ〉の会員に叙せられたばかりでして」ハロルドは片手を差しだしたが、アレックスは握手をしようとするそぶりは見せなかった。「じつは、以前一度お会いしたことがあります。カリフォルニアで。UCLAで講演をなさったでしょう？」

「そう、そうだった」とアレックス。「思いだした。また会えてうれしいよ」

アレックスが思いだしていないのは、そしてとくによろこんでもいないのは明らかだった。

「毎年、だれか若手を引き入れるってことじゃないかな？」温かい口調でジェフリーが言った。

ハロルドは気を悪くしたが、表に出さないようにつとめた。

「ぼくはそんなに若くはないです」ハロルドは言った。「もうすでに——」

「——ふりかえらないように」だしぬけにアレックスが言った。

ハロルドは面くらった。

「なんとおっしゃった？」

「ふりかえらないように」アレックスがくりかえした。

ハロルドとジェフリーはどちらもホテルの玄関口に顔を向けていなかったが、反射的にうっかりこうべをめぐらしてしまいそうになった。

「外にだれかがいる。窓の向こうだ。ふりかえるな。ハリーという名だったか、きみにもいまわたしが言ったことは聞こえただろう？　よし、わたしはわずかに右へ体をずらす。こうだ。さあ、きみたちふたりも同じようにするんだ。そうだ。もう一度。これで、そのだれかが見えるようになっただろう？　窓の外に？」

ハロルドはこうべをめぐらさず目だけを動かし、そのせいでいささか頭が痛くなってきた。縦長の窓に激しい雨がたたきつけているのが見えた。四四番ストリートに立つ街灯の白っぽい光が、ガラスを鈍く照らしていた。だが、窓の向こうに、ロビーを不気味にのぞきこんでいる顔のようなものは見てとれなかった。

ハロルドは困惑し、同時に心配になってきた――アレックスの身の安全というより、その正気が。ジェフリーもまた、ホテルの外に不吉なものはなにも目にしなかったらしく、やはりどう反応すればよいものか迷っているように見えた。

「そろそろ」ジェフリーが言った。「もったいぶるのはやめてくれ。さあ、一杯やりに行こう。きみの冒険譚を語ってもらおうか」

アレックスはそれには取りあわず、耳も貸さず、鋭い目でロビーのほかの部分をざっと検分した。

「日記の内容を語ってくれ」ジェフリーがつづけた。「頼むよ。あすになるまでに、われわれにこっそり、ちょっぴり教えてくれないか」

アレックスがしばし無言でジェフリーを見つめる。ほんとうに困惑しているように見えた。

「きみたちは本気でこの日記の内容を知りたいと思っているのか？」アレックスが言った。

直截そのものの問いかけで、答えは明々白々だったにもかかわらず、ふたりは返事をするのにいささか手間取ってしまった。

「イエス」ほぼ同時に、ふたりが答えた。このときになって初めて、アレックスがハロルドと目を合わせた。それはハロルドの不安をかきたてることになった。

「本気かどうか迷っていたんだ」とアレックス。「なにか問題にぶつかると、答えを知りたいと思うのがごく自然な感情だろう。しかし、きみたちが今夜、安眠したいと考えているのなら、この件はあすまで待つほうがいい。解決するより謎のままにしておくほうが楽しいことが、ときにあるだろう？　この日記の内容はなんだろうといつまでも考えをめぐらしているより、この日記の内容を知るほうが満足がいくのは確かかね？」彼はふたりからあとずさり、ブリーフケースを別の手に持ち替えた。ブリーフケースを胸の前に引きあげ、空いたほうの手で軽くそれをたたく。「では、明日、ご覧に入れるとしようか」

アレックスは早足で堅木張りのフロアを遠ざかっていき、そのときハロルドは、彼が歩いたあとに濡れた足跡が残っていくことに気がついた。靴形の足跡がすぐにばらけてひろがり、元の形状が失せて、ただの浅い水たまりになる。

ロビーにささやき声がひろがっていくのが聞きとれた。シャーロッキアンたちがこうべをめぐらしている。待てよ、あそこに立っていたのは、ほかでもないアレックス・ケイルだろう？　あのブリーフケースの男は？　だが、だれも近寄れずにいるうちに、アレックスはエレベーターのなかへ姿を消した。

「くそ」ハロルドは言った。「いまのはどういう意味だと思います？」

「つまり、あすのいまごろには」ジェフリーが答えた。「われわれは、アーサー・コナン・ドイルにまつわる最後のでかい謎の秘密を解き明かしているということさ」

5 哀悼

「けちな窃盗、気まぐれな襲撃、無意味な暴力――どれもこれも、手がかりをつかめる男にとっては、ひとつにまとめあげることができるものだ。高度な犯罪の世界を科学的に研究している者にとって、ロンドンには、ヨーロッパのどの国の首都にもない利点があるということだ」

――サー・アーサー・コナン・ドイル「ノーウッドの建築業者」

一八九三年十二月十八日

アーサーがチャリングクロス駅を照らすオレンジ色の光のなかから姿を現わし、乾燥したクリスマスシーズンの寒気へ足を踏みだした。冬のさなかにさしかかろうというのに、ロンドンにはまだほとんど雪は降っていなかった。それゆえ、だれもが毎日、きょうこそは大嵐が来るだろうと予想するようになっていた。寒風がアーサーのロングコートを打って、コートの袖口から吹きこみ、革靴の紐の隙間から入りこみ、耳たぶを鋭く刺して、ほんのわずかなあいだに耳たぶの上部が赤くなった。

アーサーがシャーロック・ホームズの殺人を——彼はきっぱりと、その用語で考えていた——やってのけて、それを公にしたのは、雪のない十二月の第二週のことだった。タイムズの紙面に、〝**有名な探偵死す**〟の見出しが躍った。そのきわめつきのばかばかしさに、アーサーはどぎまぎさせられた。その男の死亡告知という、ばかげた記事まで掲載された。架空の人物の死亡告知とは。しかも、あろうことか新聞がそれを掲載するとは。それは、ほんとうにあの男と手を切ったことをじゅうぶんに証明するものではある、とアーサーは思った。あれを終わらせたのは、明らかに正しいことだったのだ。彼は厄介者だったし、ロンドンのよき市民たちにはもっと高尚な小説がもたらされることになる。なんにせよ、これでようやく、あの狂乱は静まってくれそうだ。新奇の冒険小説が《ストランド・マガジン》に掲載され、全国に知れわたるだろう。たぶん、それは怪盗紳士を主人公に据えた物語になる。一年もしないうちにシャーロック・ホームズは忘れられるだろう。アーサーはそうと確信していた。

この二年半ほど前、アーサーはモンターギュ・プレイスのごたごたした地区から、八マイルほど離れたサウス・ノーウッドにある田園風の快適な四階建ての家に転居していた。街の喧騒や、家から出かけるつど馬車にぶつかりそうになる混雑した大通りが恋しくなることは、ぜったいにない。ただ、毎日、外出するたびに通りかかった大英博物館が恋しくなるのはたしかだった。角張った〝U〟の字のように博物館を囲んでいる、あの巨大な石壁に沿ってぶらついていたことが。ときおり、遠くのほうまでぐるっと回っていき、灰色の石壁のあいだから垣間見える、簡素な台輪《アーキトレーブ》の下に林立するイオニア式円柱をのぞきこんでいた。その上部の軒蛇腹《コーニス》はとても幅広で薄く、アーサーはそれを見るといつも、あれは神の右手が形成した天上の雲が博物館に押し寄せて、英国の大地に深く埋めこもうとしているのではないかと思ったものだ。

それでもやはり、サウス・ノーウッドへの転居はよきことだった。毎日、息が詰まりそうな街の空気を吸わずにすむし――〝ロンドンは煙草代を節約させてくれる街だね〟とこちらがジョークを飛ばすと、バリーは笑って同感したものだ――列車を使えばほんの数分でチャリングクロス駅に着く。トゥーイがいい運動ができるようにと、いっしょに乗れるタンデムの三輪自転車《トライシクル》を購入した。アフタヌーン・ティーの直後に始められる場合は、夕食までにトライシクルで十五マイルを走ることができる。その家は、アーサーの妹、コニーに一室を与えられるほど広いので、彼女がポルトガルでやっている遊興をアーサーと妻がやめさせることができれば、そこに住まわせてやってもいい。コニーなら、アーサーの子どもたち、マリーとキングズリーのすばらしい家庭教師になってくれるだろう。もっとも、キングズリーはまだ一歳で、装飾用のクッションほどでしかないのだが。

アーサーは、街路の中央をつづく遊歩道を離れ、チャリングクロス・ホテルから遠ざかる方角、南へ足を向けた。片脚の新聞売り子のそばを通りかかると、売り子がこの日の新聞をこちらにふってみせた。ふたりが目を合わせることはなかった。

ストランド通りに入ると、多数の馬車が騒々しく行き交っていた。寒気のなかを、馬たちが、つむじ曲がりの疲れた老人のようにうめきながら走っている。メッセンジャー・ボーイたちが、伝達メモを届けるためにいっせいに四方八方へ散っていく。大通りに沿って隙間なく並んでいる三階建てや四階建ての建物には、鮮やかな赤の字で**貸し室あり**の看板が掲げられ、一階に延々とつづく電報局やさまざまな店舗や事務弁護士《ソリシター》事務所の上階に空き室があることが示されていた。アーサーはトラファルガー・スクエアを背にする方角へ足を向け、ぶらぶらと歩いた。

もちろん、郊外はすてきな場所だが、アーサーは街が恋しかったのだ。用事があって街にやってくると、のんびりとそれをすませるのを愛していた。けたたましく、かまびすしい街の活気を吸いこみ、腹一杯になってから、ノーウッドへひきかえす。トゥーイのもとへ。自転車のところへ。

彼はこのひとときを楽しんでいた。ちょっと足を速めてストランドを歩きながら、ステッキをふるということまでやった。もし口笛を吹くたぐいの男であれば、口笛を吹いていたような気分だった。それほどすてきな朝だったのだ。

「この野蛮人が！」年配の婦人が叫び、ハンドバッグを思いきりアーサーの顔面にたたきつけて、鼻を傷つけ、帽子をふっとばした。アーサーはよろめいた。痛くはなかったが、驚きはかなりのものだった。その女は、どう若く見積もっても六十は過ぎているだろう。爪先の真上に両肩が来るほど、背中が曲がっていた。なにはともあれ、かよわく見える。アーサーにあれほどの力がふるえるとは、とても思えなかった。喪に服しているかのように、ダークコートの上に細い黒の腕章を巻いていた。彼は口ごもりながら言った。

「あの――マダム――申しわけない――なにかお気に障るようなことをしましたか？」

「この極悪人が！」女がわめき、またハンドバッグをふりまわした。重いバッグが空中にゆっくりと大きな弧を描き、垂れこめた雲を背景にバッグの青がくっきりと浮かびあがる。今回は、少なくとも彼女の存在を意識していたので、アーサーはあとずさって、その一撃をよけた。防御態勢をとろうとして一瞬、ステッキを持ちあげたが、すぐに後悔して、ステッキを歩道におろす。自分は若く、筋骨たくましい男だ。まさか、混乱した年配の女にステッキをふりかざすわけにはいかないだろう。

「マダム、わたしをだれとお考えかは知りませんが、これは断言しましょう。わたしはこれまであなたにお会いしたことは一度もありません」

急ぎ足で走っていた使い走り《ページボーイ》の少年が、この現場を見て立ちどまった。そこに、流行の帽子をかぶった長身の淑女が合流する。淑女は、この曇り空の冬の日というのに日傘を差していた。ひとりがなにかに目を留めると、つぎの人間がそれに倣うというわけだ。人だかりが増えてくる。

「あなたがだれかはよくよくわかっていますし、ドクター・ドイル、あなたがなさったことをわたしが知らないとは考えないでね」

アーサーは、彼女が二重否定を使ったことより、自分のファミリー・ネームを口にしたことのほうに困惑を覚えた。他人が自分をそれと見分けることに、まだあまり慣れていなかったのだ。もちろん昨年、いろいろな新聞に自分の写真が掲載されはしたのだが。《デイリー・クロニクル》は、アーサーがデスクの前で執筆しているところをディヴィッド・トムソンが撮影した、とてもできのいい写真を掲載していた。

集まってきたひとびとのなかからささやき声があがるのが、アーサーの耳に届いてきた。

「ドイル……ドイル……ドイル……」

「なにをおっしゃりたいのか、さっぱりわからないんですが」弁明するような調子で彼は言った。助けを求めて、人だかりのほうへ目を向ける。老婆は狂っていて、自分は正気であることを確認してほしかったのだ。アーサーは、ひとびとがつぶやいている口の下方へ目をやり、その多数が同じ黒の腕章をしていることを目に留めた。街全体が喪に服している。聖書に誓って、この朝の新聞にはそれを示唆するような記事はなかった……いや、なにか悲しい記事があったのに、自分は見落としたのだろうか？ 偉大な政治家が逝去したとか？ セシル（第三代ソールズベリー侯爵ロバート・ガスコイン＝セシルのこと）はたしかに歳を食っているが、それほど高齢ではない……では、女王の母君？　いや、ちがう。それなら、必ず耳にしたはずだ！

「あなたは彼を殺した。あなたが彼を殺したのは、わたしがここに立っているのと同じくらい明らかなことよ」老婆が言い放った。

「なぜそんなことをした？」だれかがわめいた――群衆のなかのだれでもありえただろう。

「わたしが殺した……？」そんな恐ろしいことは考えられないというまなざしになりながら、アーサーはつぶやいた。「まさか、あなたが怒っている理由は、わたしが――」

「あなたがシャーロック・ホームズを殺したからよ」

アーサーは最初、あっけにとられただけだった。老婆がこんどは腹にバッグを打ちつけてきても、なにも言わず、身動きもしなかった。群衆のなかには、やめてはどうかと女に持ちかけるまっとうな人物もいたが、ほかのひとびとはアーサーの出方をうかがっているだけだった。彼らは答えを知りたがっていた。だが、出すべき答えはなにもない。

アーサーは怒って頬をふくらませた。

この二カ月前にあたる十月、アーサーが幼年期をすごしたエディンバラから八十マイルほど南のクライトンにある精神病院で、彼の父が死去していた。父、チャールズ・ドイルは飲酒とそれに起因する心の病がもとで、そのひとり息子をつねに遠ざけてしまうことになった。何年ものあいだ、チャールズは精神病院からアーサーに何通も手紙を送ってきた。玄関先の階段に配達された封筒の文字と、ダンフリーズ郵便局の消印を見るたびに、アーサーは身をこわばらせたものだ。父がまともな手紙を送ってくることはけっしてなく、中身はいつも絵だった。父自身やアーサー、動物たちを描いた、薄気味悪い絵。無数の虫に混じって飛ぶ妖精ども。邪悪な黒ずんだアオカケスにのっかった、グロテスクで巨大なムカデ。父の逝去が知らされたとき、まず感じたのが安堵だったのはたしかだ。だが、見舞いに行くことはめったになかったので、その死後になるまで知らなかったのだが、父のチャールズは息子アーサーの業績を細々と書き記し、ありとあらゆる小説の批評を切り抜き、昔のエディンバラの住まいのキッチンで家族がテーブルを囲んでいる情景を自分が描いたスケッチ類とともにスクラップブックに残していた。母は、アルコール中毒の発作や支離滅裂な行動を憎んでいたにもかかわらず、夫への忠実さは失っておらず、チャールズの遺品のなかにそのスクラップブックを見つけだすと、添え書きなしでアーサーのもとへ送ってきた。そのときになってやっと、アーサーは自分がなにを失ったかを認識したのだった。おやじは死ぬ前に、アーサーが結婚したことを知っただろうか？　アーサーがふたりの子どもを授かったことを？　ふたりめの子は未熟児だったため、病院で二カ月のあいだ看護されてからでないと、家に帰れなかったことを？

チャールズの死後、一週間がたったころ、愛するトゥーイがかかりつけの医師とともに長い午後をすごすことになった。その話し合いが終わったとき、医師がトゥーイの部屋がある二階から階段をおりてきて、アーサーの寝室を訪ね、彼女の咳は肺に起因するもので、治らないだろうと告げた。結核。おそらくは、余命数カ月。礼儀正しく、いかにも医師らしい男だったが、それはアーサーの恥ずかしい気持ちをさらに強めたにすぎなかった。自分自身も医学教育を受けた医師であるのに、妻が結核に罹患したことに何年も気がつかず、息子を出産したあとということで産後によくある体の不調だろうと考えていたのだ。恥ずかしさが募って、悲嘆を圧倒してしまう日がつづいた。ふたりでトライシクルに乗り、田園を走ることが増えていった。アーサーはより強くペダルを踏んだ。ひと踏みひと踏みが大事だった。

チャールズ・ドイルは現存した人間。トゥーイは現存する人間。ふたりの死は悲劇だ。シャーロック・ホームズは空想の産物。その死はちょっとした娯楽でしかない。このおしゃべりな老婆も、その後ろに群がってきた野次馬も、アーサーの父のことを知りはしない──その名すら知りはしない。チャールズ・ドイルの死は《タイムズ》や《デイリー・テレグラフ》にとって、いや《マンチェスター・ガーディアン》にとっても、一行の価値もない。トゥーイの病気は、この先まだ何年も伏せられたままになるだろう。そう、このひとびとは──この不愉快で、忌まわしいひとびとは──アーサーのことなどはなにも知らない。彼らはホームズのことしか知らないのだ。

アーサーが非難に対して沈黙を守っていると、近辺を警邏《けいら》中の巡査が近寄ってきた。

「さあ、離れて、ここを離れて」脅すのではなく理解を示すような声で、巡査が指示した。

野次馬はそれに従ったが、あの老婆はひと息ごとにアーサーの名を口に出して悪態をつきながら立ち去っていった。巡査が——小柄で細身の警官が——アーサーの帽子を拾ってくれた。

「ありがとう、おまわりさん」アーサーは言った。周囲への意識がよみがえってきた。

「あんなことは気になさらないように、ドクター・ドイル」巡査が言った。「あなたはミスター・ホームズに至極まっとうな別れを告げたと思います。彼がいなくなるのはちょっぴり残念ですが」

自分の帽子をぽんとたたいて、巡査は歩み去った。

6 ……これまでは

世界は殺人者とその犠牲者に満ちている。どちらも飢えたように求めあっているのだ！

——一般に、アンブローズ・ビアスの言とされている。たぶん偽作

二〇一〇年一月六日

ハロルドは騒々しい人声を聞きながら、アルゴンキン・ホテルの二階にあるレセプション・ルームに入っていった。集まったシャーロッキアンたちが期待感をこめて、ぺちゃくちゃと語りあっていた。〝集まっている〟といっても、それは四方の壁に囲まれた場所にいっしょにいるというだけのことだ。烏合の衆のように、だれもがげらげら笑い、大声で友人たちと声をかけあっている。集会に見せかけようという意識すらないのだ。

三桁にのぼるシャーロッキアンの名士たちが席についているが、まともに腰かけている者はひとりもいない。ハロルドには、彼らの尻が椅子から一インチほど離れて揺れ動いて

いるように見えた。だれもが腰を浮かせ、近辺にいる会員たちと猛烈な速さで噂話を交わしあっていた。ハロルドは、内容の異なる半ダースほどのおしゃべりのなかから、いくつかの名詞の断片を聞きとった――〝遅刻〟、〝アレックス〟、〝行方不明〟。

空いた椅子に向かう途中、ハロルドは、名前を思いだせない高齢の英国人参加者の肩をつついた。その女性がふりかえり、ひっつめた灰色の髪がぐるっと向こうへまわって、眼鏡が見えるようになった。女性には重くて耐えがたいだろうと思うほどぶあつい眼鏡だが、彼女はなんとか耐えているようだ。

「なにかあったんですか?」ハロルドはさりげなく、それでいて救いがたいほど情報に乏しい人間に見られないようにしながら、問いかけた。

「アレックスが遅刻してるの」早口に彼女が言った。「だれかが彼の部屋に電話を入れたんだけど、受話器が外されてるみたい。行方不明なの」

「なんですって」ハロルドは言った。

昨夜、アレックスが神経質になっていたことが思いだされた。アレックスは、自分が尾行されていると思いこんでいた。もしかすると、その可能性があるのでは……。

ハロルドが席につくと、見覚えのない若そうな女性が隣の椅子に腰をおろした。彼女がこうべをめぐらし、カールした茶色の髪が横へ流れて、顔があらわになる。ハロルドがその目を見ると、世界は絶えざる発見の場と受けとめているかのように大きく見開かれていた。おそらくはライトブルーのドレスが、彼女を実年齢よりいくぶん若く見せているのだろう。ピンクと黄色からなる縞柄のスカーフを首に巻いているせいで、一瞬、包装が解かれたボンボンのように見えた。

「もう、この騒々しさときたら!」彼女が言った。

ハロルドに話しかけたのか? 彼女は部屋を見まわすのをつづけていて、顔が前を向いていく。

「うん」ひどく小さな声でハロルドは言った。

彼女がこちらに顔を向け、突き刺すようなまなざしで目を合わせて、いささかハロルドをぎょっとさせた。

「失礼」愛想のいい声で彼女が言った。「なにかおっしゃった?」

「あー、そのう、ええ。うん、と」

「ごめんなさい。あんまり騒々しくて、聞こえなかったの。なんとおっしゃったの?」

「うん、と」

ちょっと間を置いて、彼女が言う。

「うん?」

「うん、と言った……うん、と。はい、の意味さ。なんとも騒々しい。ここは」

彼女が値踏みするように、長いあいだハロルドを見つめる。

「そうね」と彼女が言って、顔をそむけた。

ハロルドは赤面した。そのあと、強迫的な衝動に駆られて、なにか言おうとした。神経質になって、なにを言えばいいのかわからなくなったとき、無関係なことを、そのどれかひとつでも意味があればいいのにと思って、立てつづけに口走ってしまうという、手に負えない性癖があるのだ。

「きみは講演を聴くためここに来たの？　ぼくはハロルド。外はまだ雨が降ってた？　ハロルド・ホワイト」

女性が考えこむように眉をあげる。どうやら、ハロルドの言ったことのどれに答えればいいものかと考えあぐねているようだ。

「ハロルド」彼女が言った。「あなた、アレックス・ケイルをご存じ？」

どれも選ばなかったのは明らかだった。

「友だち」自分にもしっくりくる話題で会話が始まったことにうきうきしながら、彼は答えた。「彼とは友だちでね。ゆうべ彼と会った。このホテルで」

「彼がゆうべ、ここに来てたの？」

「うん。雨でずぶ濡れになってたよ」ハロルドは、雨に焦点を向けてしまった自分を胸のなかで叱りつけた。この女性の興味をもっと引くようなことが言えただろうに。「じつのところ、彼は神経質になってた。尾行されているとかなんとかと言ってた。でも、知ってのとおり――彼は劇的なものに傾倒しているからね」

女性が目をあげて、ハロルドの鹿撃ち帽を見やる。その意味を問うように、右の眉をあげてみせた。

「彼だけじゃなく、あなたにもそんな傾向があるように見えるわ。あなたは、だれかが彼を尾行してると考えてるの？」

これは難問だった。彼女がなにを問いかけるにせよ、これ以上の難問はなかっただろう。

「いや。たぶん。つまりその、空想じゃないのかな？　まあ、実際になにか悪いことが起こったのでなければ、空想じゃないかと。でも……注意はすべきだ。なにが言いたいかはわかるだろう」

彼女のなにかが、ハロルドをしゃべらせたい気持ちにさせていた。そして、しゃべりつづけたい気持ちに。相手をその気にさせる特性の持ち主だ。それは……ジャ、ジャ、ジャ、ジャーナリストにとって好都合なものなのでは？

アレックスが例の発見を公表してからの数カ月、〈ベイカー・ストリート・イレギュラーズ〉の会員たちは、この一月の集会に参加したいという記者たちからの要請を洪水のように受けとることになった。まあ、シャーロッキアンの基準での、〝洪水のように〟だが。熱烈なシャーロック・ホームズの専門家たちがメディアからおおいに注目を浴びることはあまりない。それでも、彼らはこの種の事柄に関して確固としたルールを定めていて――

認定されたシャーロッキアン団体のどれかに属する会員でない者は、この週末の講演に参加することは許されなかった。すべての要請が却下されたのだ。

「失礼だけど」ハロルドは、みずから話の腰を折った。「きみはだれ？」

「セイラ・リンジー」声をはずませて彼女が言った。「あなたに会えてよかった！」

彼女が片手をさしだし、握手が交わされた。

「きみはどの団体の会員？」

「あ、どれでもないわ」彼女が言った。「わたしは記者。アレックス・ケイルの、そして失われた日記の、記事を書くつもりよ」

「どうやってここに入りこんだの？」

セイラはその問いかけに、肩をすくめて応じ、「ジェフリー・エンゲルス」と言った。

「しばらくEメールのやりとりをしてたら、彼が入れてくれることになったの」

いささか妙な話だとハロルドは思った——ジェフリーがセイラを例外として認めたとしたら、そのことについてなにか言ったはずではないか？

「ジェフリーはやさしい男ね」彼女がつづけた。「あなたも〈イレギュラーズ〉の会員？」

「ああ」ハロルドは、はたと気がついた。自分はすでに、アレックスに関して知っている秘密のすべてを漏らしてしまったのだ——昨夜の彼の奇妙なふるまい、その妄想的な行動を。セイラはアレックスを、〈イレギュラーズ〉を、愚か者のように仕立てるだろう。彼らがこの期間に示す傲慢さを、ときおり大まじめなまちがいをやらかして意味不明な学説を唱えることを、彼らの〝劇的なものへの傾倒〟を、あざ笑うだろう。彼は落ち着きのない顔つきになっていた。

「わたしがここにいることが心配？　その必要はないわ。約束する」

「いや、ぼくは──きみがなにを言いたいのかよくわからないけど、われわれには記者に関するルールがあるってことなんだ。じつのところ、部外者はいっさい参加を認められない。ぼくはべつに──」

「ハロルド、だいじょうぶよ。なにを心配してるの？　わたしがその帽子をからかったこと？　それとも、ここにいる男たちの半数ほどが上着のポケットに例の小さなパイプを携えてきてること？」

ハロルドはほほえんだ。彼女はおもしろい。

「いいかい」と彼は応じた。「われわれはシャーロック・ホームズのコンヴェンションに参加しているんだ。鹿撃ち帽をかぶっていないとしたら、そのほうがちょっぴり妙なことだとは思わないか？」

「たしかに。十九世紀の探偵小説に関する専門家になろうとしたら、その部分もそのように装うべきでしょうね。でも、あなたはちょっぴり……〈イレギュラー〉にしては若すぎるんじゃない？」

「ぼくは最年少の〈イレギュラー〉だろうけど、このことに関してはだれにも負けないほどよく知ってるよ」

「信じるわ」彼女が言った。「じゃあ、それを証明する質問をさせてもらってもいいわね」

そのとき、部屋の前方からなにかの音がして、ふたりの会話が中断された。ジェフリーが演壇にあがって、マイクロフォンのテストをしていた。

「イエス。テスティング、ワン、ツー、なんだかんだ。イエス？　わたしの声が聞こえますか？　よろしい」ジェフリーがひとつ深呼吸をして、二、三のメモを自分の前でひろげる。「レイディーズ・アンド・ジェントルメン、この朝の賓客、アレグザンダー・ケイルの到着が遅れているようなので、いまのうちにちょっと前置きのことばを言わせてもらいましょう。これは彼が到着してからやる予定でいたのですが、ミスター・ケイルには、みずからの発見談をあらためて聞く必要もなければ、わたしがこの時間を拝借して、かつてわれわれがサセックスでともにすごした幾多の夏のある晩に飛ばしあった小粋なジョークを語るのを聞く必要もないのはたしかです」

部屋のところどころから、くすくす笑いがあがったり、心得たような舌打ちの音が響いたりした。

「あれにはひとつ、おもしろい逸話があってね」ハロルドはセイラに説明した。「夜遅く、ほとんど無計画に厩舎を訪れたときの話だよ」

「サー・アーサー・コナン・ドイルが逝去して、意識をつぎの世界へ移したときのこと。それは一九三〇年七月七日のことで、そのとき彼は、二十八の長篇小説と、百をゆうに越える数の短篇を世に残しました。もちろん、それのみならず、膨大な数の手紙と日記も残し、それらはただちに、熱心な研究者たちからなるネットワークの保護下に置かれました。その手紙と日記から、われわれはコナン・ドイルの世間に見せていたのとは異なる顔を知るようになった。彼は永遠の学童であり、無力で不幸な乙女を守るために立ちあがる遍歴の騎士のような人物と見なされるようになった。彼は矛盾をかかえたロマンティストであり、病身の妻が徐々に死を迎えるまでのあいだ、あるうら若き女性との熱烈な精神的な関係を——それが肉体的な関係に至らなかったことはすべての証拠が明らかにしていますが——持っていたのだと見なされるようになった。そしてまた、彼は嫉妬深い創作者であり、明瞭な太い手書き文字で猛然とページを埋めていき、めざましく輝かしい創作をやってのける人物と見なされるようになった。遺された豊富な資料に基づき、研究者たちは断片を寄せ集めて、多様な種類のすぐれた伝記を書くことができたのです」ジェフリーは身をのりだした。「ささいなことではありますが、たまたまこの権威ある会にはそういう研究者が少なからず名を連ねていることを、わたし自身、おおいに誇らしく思っています。アンドルー・ライセット、ジョン・ディクスン・カー、マーティン・ブースの諸氏がおり、さらに決定的なことに、ジョン・ワトソンの友人であり著作権代理人である人物の秀逸に描かれた肖像画を所有するダニエル・スタシャワーがいるのです」

セイラが不思議そうな顔をした。

「友人であり著作権代理人？」

「うん、ジェフリーがこの場に合わせて言ったことだとして聞き流せばいい」ハロルドはささやきかけた。「シャーロッキアンのほとんどは、ホームズは実在し、コナン・ドイルはホームズのプライヴァシーを守るためにその冒険をフィクションとして出版した人物であると見なしている――というか、そのようなふりをしているんだ。ライヴァルの、彼らが自称するところのドイリアンたちは、シャーロッキアンはみんな愚か者だと考えている。もしジェフリーが、あれらの小説の著者はドイルだと認めたら、この部屋にいるひとびとの半数が悪態を吐くだろう。ここはシャーロッキアンの側についておくのが賢明というわけだ。ドイリアンには反抗的な傾向はあまりないからね」

「あなたをばかにする気にならなくてよかった」セイラが言った。

「……すでにご承知でしょうが、ドイルの人生とその時代に関するきわめて詳細な事実をまとめあげることは、スタシャワーの研究活動の信条となっていました」ジェフリーがつづけた。「しかるに、その男の真に完全な伝記は、つねに手の届かないところにありました。彼が遺した記録物のなかに、一九〇〇年十月から十二月の部分が記された日記がなかったのです。ほかの日記はすべて、彼の死後、アンダーショーにある自宅の書斎に整然と置かれた状態で発見されました。もちろん、さまざまな噂が飛び交いました。彼の子どもたちがどこかに隠して、こっそり売ったのだろうとか。しかし、そのような主張を裏づける物証はなにひとつ出てこなかった。それどころか、発見したとする日記が偽造だったのがあっさりと暴露されたことが二、三度あっただけで、過去八十年以上、その日記の痕跡はどこにも見つからなかった」ジェフリーが間をとり、ひとつ深呼吸をして、ほほえむ。

「……これまでは」

部屋に拍手喝采が湧きあがった。ジェフリーがさらなる効果を狙って、得意げにくりかえす。

「これまでは！　みなさんの多数が個人的によくご存じであり、シャーロックの比類なき研究家であり、批評家としてすべての方々に知られているミスター・アレグザンダー・ケイルは、この二十年あまり、その日記を追い求めてきた。コナン・ドイルの最後の謎を解決することが、彼のライフワークとなっていたのです。そして最近、彼はそれをやってのけた。その彼が本日、ここにやってきます――」そう言って、ジェフリーは、アレックスが入室したことを確認しようと背後に目をやったが、彼はいなかった。「――ついに発見された失われた日記をわれわれに提示し、その秘密を開示するために。もちろん、まず問題になるのはこういうことです。なぜその日記はほかの日記とともになかったのか、これまでずっとどこにあったのか？　しかし、おそらく、ホームズ研究の将来においてさらに重要となるのは、その短い期間にコナン・ドイルはなにをしていたのかという問いかけでしょう。

われわれの知識の欠損は、コナン・ドイルがボーア戦争で負傷した英国兵の治療にあたっていた南アフリカから帰還した直後の期間にあります。つねに愛国者であったドイルは軍医として出征し、その夏、英国の大義の正当性を同胞に確信させるべく、イギリスに戻った。故郷であるエディンバラの選挙区から総選挙に出馬し、僅差で落選した。当時の彼が強い関心を持っていたのは政治であり、歴史小説や戯曲だった。シャーロック・ホームズの死後、七年が経過しており、われわれがコナン・ドイルに関して知るあらゆる事実からして、偉大な作家としての彼の存在が恋しがられていることはなかった。

そんなころ、突然、一九〇一年三月、《ストランド・マガジン》のH・グリーンハウ・スミスが一通の手紙を受けとった。コナン・ドイルが新たなホームズの物語を、その死ぬ前の時点に戻して連載したいと伝えてきたのだ。その物語は、〝正典〟のなかで近年、高評価を得ている『バスカヴィル家の犬』だった。つぎの作品は短篇で、それはロンドンに激震をもたらした。その短篇『空き家の怪事件』は年代が一八九四年に設定されていて、そこにおいてシャーロック・ホームズが復活した。そのなかで、ホームズは一八九一年、モリアーティの犯罪組織をあざむくために自分が死んだと見せかけ、その後、三年間、偽名で世界を旅したのち、事態を正常に復するために戻ってきたことが明らかにされる。ホームズが死んだことになって放浪していたとされる、この摩訶不思議な期間を、ご承知のように、われわれは大空白時代と呼んでいる。しかし、この大空白時代におけるホームズの活動については、ドイルのその間の活動より、はるかによく知られている。どのような大きな変化がドイルのなかに生じて、ホームズをよみがえらせる気になったのか？　編集者たちがまたホームズもののミステリを書いてもらおうとしてよく彼の家のドアをたたいていたにせよ、彼にはカネを稼ぐ必要がなかったのはたしかだ。では、なぜそのときに？　そして、なぜそれほど突然に？　なぜミステリ小説に——彼が〝安っぽい三文小説〟と呼んでいた小説に——架空の英雄と感じていたあの人物に、立ちかえる気になったのか、われわれはいっさいの悪感情抜きで、知らねばならないのでは？　いまこのときが、コナン・ドイルの心のなかをのぞきこむ絶好の機会となるでしょう。彼の思いをわれわれに引き寄せることはずっとできなかった。これまでは」

「あれは前にも言ったことばよね？」

「シイッ」

だが、もはや聞くべきことはろくになかった。ジェフリーが最後にもう一度、背後に目をやって、アレックスはやはりこのボールルームに姿を現わしていないことを確認した。

騒々しいおしゃべりが再開し、ジェフリーが身を転じて、ふたたび演壇にあがり、部屋に集まっているひとびとの不満をなだめにかかった。

「レイディーズ・アンド・ジェントルメン、われわれはいままた新たな謎に直面したようです！」室内に軽いくすくす笑いと笑顔がひろがる。「さらなる遅延を許してくださるなら、わたしがただちに捜査に着手しましょう」

ジェフリーが演壇をおりきりもしないうちに、ふたたびさわがしいしゃべり声が部屋全体にひろがった。興奮したシャーロッキアンが五、六人、立ちあがったが、すぐに、行くべき場所はどこにもないことに気がついた。ハロルドは、トーキョーで最大のシャーロッキアン団体を主宰する物静かな人物、ツカサ・サイトーに目を留めた。なにかしなくてはという衝動に駆られてのことだろう、神経を集中させてその一団の前に立っていた。

「どうやら、きみが記事にできるほど刺激的なことが起こったようだ」ハロルドはセイラに言った。だが、そちらに顔を向けると、セイラはもういなかった。首をもたげて、さっと周囲に目をやると、彼女が不格好な平靴でコツコツと足音を立てながら滑りやすいフロアを横切っている姿が見えた。きびきびした足取りで彼女がめざしている相手は、まちがいなくジェフリーだった。いつもは礼儀正しいジェフリーが、いまはあとずさってボールルームを出ようとしているところで、彼に同じ質問を浴びせかけようと待ち構えていたシャーロッキアンたちのうるさい声を受け流している。

ハロルドはわれ知らず決断をして、席を離れ、セイラを追っていた。あとで自分に言い聞かせよう。こうしたのは、ジェフリーの役に立とうとしてではなく——ついさっき、彼女がこちらにいろんな質問をして困らせたこととは無関係に——自分は本心から、彼女の役に立とうという明確な衝動に駆られたからだと。不信感をいだいたミステリ愛好家たちの勢いこんだ集団に出くわすと、セイラはすみやかに進路を変えて、どっしりしたダブルドアのあいだからするりと部屋を出た。ハロルドは前後の席のあいだの通路をそろそろと歩きだし、もじゃもじゃひげのドイツ人の両脚の中間に爪先立ちで足をおろしたり、学者然としたツイード・スーツ姿の小柄なアメリカ人の膝をかすめたりしながら、通りぬけていった。部屋全体に不平の声が満ちあふれていたので、ハロルドが小声で言った〝失礼〟とか〝すみません〟は聞こえなかっただろう。

閉じかけていたドアの隙間から部屋を出ると、廊下はぎょっとするほど静まりかえっていた。セイラの姿はどこにもない。

迷路めいた廊下を進んでいくあいだも、その先にある混雑したロビーに出てからも、彼女の姿は見当たらなかった。いや、あそこ、エレベーター・ホールのところ、開きかけているエレベーターのドアのあいだに、ひょこひょこ揺れる彼女の髪がちらっと見える。ハロルドは——まったく思いもよらず——躍起になって追跡に取りかかった。ふく足を速め、疾走に近い状態になったとき、ようやくエレベーターにたどり着いた。

らはぎに妙な感触が生じ、それが膝へと突きあげてきた。考えてみると、最近はとんとやったことのない〝ランニング〟をしてしまったからにちがいない。ぎりぎりのところで、息を切らしつつ頭をエレベーターのドアのあいだにつっこむと、うれしいことに〝リーン！〟というすてきな音が聞こえて、閉じかけていたドアがまた開きだした。

「わたしを追いかけてきたの？」彼女が問いかけた。

エレベーターに足を踏み入れると、ハロルドは喘ぎながら、つるっとした金色の手すりを握って身を支えた。

「深呼吸をして」彼女がつづけた。「そうすればだいじょうぶ」

「ぼくらは――ふうっ――下の階に――ふうっ――戻らなきゃ――ふうふう」ハロルドがそれに応じて言えたのは、それだけだった。

「落ち着いて」と言うセイラの無情な顔を見て、ハロルドは思った。気を引きしめて、上階へ向かおうとする彼女をなんとかもう一度、説得しなくてはいけない。だが、呼吸が楽になってきたころ、また〝リーン！〟と機械的な音が響き、エレベーターが十一階に着いたことが告げられた。セイラが色鮮やかな絨毯の敷かれた廊下を歩きだし、ハロルドは追跡を続行した。

セイラは一一一七号室のドアにたどり着くと、ドアののぞき穴の近辺をすばやく二度、軽くノックした。ドアノブに、起こさないでください《プライヴァシー・プリーズ》の札がぶらさがっている。彼らは応答を待った。

「彼が泊まっている部屋をどうやって知ったんだ?」

セイラが笑みを返す。

「礼儀正しくお尋ねしたの」

セイラがふたたび、こんどは強めにノックをした。

「アレックス?」なにげない口調だった。

ハロルドはそれに調子を合わせた。

「アレックス、ハロルド・ホワイトです! お目覚めですか?」

やはり、ドアの向こうから応答は来なかった。ハロルドがドアノブの札を見つめると、それがこちらを見返し、そっけなくあざけっているように見えた。

静寂が降り、ハロルドが困惑を募らせていると、廊下をこちらへ歩いてくる足音が聞こえてきた。ハロルドとセイラがそちらをふりむくと、ダークスーツの男が見えた。ジェフリーが、ハロルドがセイラを追いかけていたときのように、その男のあとを追って歩いていた。あの男はホテルのマネージャーにちがいない、とハロルドは思った。

「きみはだれかね?」ジェフリーがセイラに訊いた。

「ハイ」と彼女が応じる。「わたしはセイラ・リンジー。この週末、Eメールのやりとりをしていたでしょ」

ジェフリーは渋い顔になった。

「していたよ」とジェフリー。「そして、きょうの講演に参加する許可は出せないことを、誤読しようのない文言で申し伝えた記憶がある。ここでなにをやっているのかね？」

セイラはそれに笑みを返しただけだった。

「記者は」ジェフリーが言った。「ノーの返事を受けいれることはできないということか？」

彼女がジェフリーの連れの男に顔を向ける。

「ドアの向こうから返事がないの、ジム」

男はなにも答えず、セイラのかたわらへ足を進め、きっぱりとした調子でノックを始めた。

「ミスター・ケイル？」彼が呼びかけた。ふたたび、不安をもたらす長い静寂が訪れた。

「ミスター・ケイル、ジム・ハリマンです。当ホテルの宿泊部門管理責任者です」あれは〝支配人〟の別称だろうとハロルドは思った。「お連れのミスター・エンゲルスが、あなたが約束の時間に遅れているとおっしゃるので、なにか問題があったのかどうかを確認するために参りました。ミスター・ケイル？」

やはり応答はなく、ジムは財布からバーコード方式の電子カード・キーを取りだし、スリットに滑りこませて、ロックを解いた。

「みなさまのお許しがいただければ」とジム・ハリマンは言い、ドアに手をかけて待った。

「さあ、早く」セイラが言った。「このおふたりは彼の友人よ。もしなにか問題が起こっていたら、彼らが助けになれるでしょう」

ハロルドは、彼女がこの件にまつわる自分自身の役割についてはなにも言わなかったことに気がついた。

ハリマンが熱のこもったセイラの顔をまじまじと見つめ、反応を求めてジェフリーに目を向けた。反応がない。支配人はしばし考えこんだのち、フック型のドアノブを押しさげた。

ハロルドは肩に寒気が生じ、そのひりつく感触が背中から爪先へ、かじかんできた足指へと駆けくだるのを覚えた。廊下の明かりが薄暗い室内へ射しこみもしないうちに、彼は悟った。なにか悪いことが起こったのだ。

目が暗がりに慣れると、ドレッサーがめちゃめちゃに壊され、その抽斗がすべてひっぱりだされて、裏返っているのが見えた。ひっくりかえされたランプシェード、濃い灰色の絨毯の上に撒き散らされた、もとはドレスシャツであったにちがいないものの切れはし。クローゼットの扉が半分ほど開き、衣類ハンガーがひとまとめに床に置かれ、プリントアウトされた紙が雪片のように散らばっているのが見えた。

支配人ハリマンのあとにジェフリーがつづき、そのあとにセイラがつづき、最後にハロルドが部屋に入りこんでいく。四人が調子をそろえるように、こわばった足を運んだ。

「アレックス？」

「アレックス」

「アレッ……クス……」

「……アレックス」

その語を発すれば彼が現われると思ったかのように、彼らは順に名を呼んだ。詠唱のように、輪唱のように、呪文のように。

散らかっているせいで、部屋がいっそう狭く見えた。どっしりしたブラインドが完全に閉じられて、ロックされ、部屋を暗くしていた。ハリマンが狭い玄関廊下を歩いていき、バスルームとクローゼットのかたわらを通りぬけて、右側の壁に寄せて置かれているドレッサーと、その奥の隅にある木のデスクのほうへ進んでいく。部屋の左側の壁の前には大きな空間がひろがっていて——そこにベッドがあるにちがいなかった。

ハロルドが見守るなか、ハリマンが途中で足取りを緩めて、奥の隅をまわりこみ、そのあと、ジェフリーが同じようにした。ジェフリーが眉をひそめて、首をふる。老人の体を小さな震えが走った。セイラがジェフリーのかたわらへ足を運んで、まわりこみ、はっと息をのんだ。暗いので、その顔はぼんやりとしか見えず、表情はうかがい知れなかった。

ハロルドはちょっと下を向いて、気を落ち着けてから、足を踏みだした。セイラの後ろにたどり着いて、身をまわしたとき、ハロルドはわれ知らず、ちょっと腰をかがめていた。セイラの肩ごしにのぞきこむ――ふいに彼女の背が高くなったように感じられた。

ハロルドは整えられていないベッドを、そしてカヴァーが剝がされた枕を見つめた。その視線が、サイドテーブルとカーキ色をしたホテルの電話へ向かう。受話器はフックにかかったままで、赤い通知ランプが、ハロルドの呼吸のテンポとほぼ同じ、ゆっくりとしたリズムで点滅していた。つぎに見えたのは、ラウンジチェアとそれ用のオットマン、またもや散らばった紙片、ワークパンツ、そして数冊の書籍。そして最後に、床に目をやると、そこにアレックス・ケイルの死体があった。

7 吸血鬼

「(彼は) 忠実な友で、騎士道を重んじる紳士だ」牽制するように片手をあげて、ホームズが言った。「いまは、そして今後も、それでじゅうぶんということにしておこう」

――サー・アーサー・コナン・ドイル「高名の依頼人」

一八九三年十二月十八日（つづき）

ロンドンはアーサーにとって異邦の地となっていた。奇妙なひとびとが奇妙なふうに行き交っている。ネモ船長になった気分だった。文明から遠く離れて、怪物どもに取り囲まれたような。彼はこの興ざめな日の残りの時間、つねに多数の目に追われているように感じつつ、ストランドを外れまでぶらぶらと歩いていき、さらには夕食をとるために、レストランのシンプソンズに立ち寄った。なかに入り、薄暗いあちこちの隅にいる客がこちらをちらちら見ているなかで、キドニーパイを食べ、新聞を読んだ。《タイムズ》を後ろのほうまでページをくっていくと、ロンドンの風刺画家までが世間に同調した絵を描いているのがわかった。最後のホームズの物語を読んでいる少年を粗雑に描いたものがあり、その顔は悲嘆と幻滅にねじくれていた。アーサーは、ひとつの世代に属する子どもたちの心を打ち砕いた男として非難される身になっていたのだ。

アーサーはその絵に向かって、ぶつぶつ言った。キドニーパイの肉汁が一滴、口からこぼれて新聞の上に落ちた。幼い少年の顔に熱い肉汁の染みがひろがり、インクをにじませて、目鼻立ちをゆがませる。少年の肌が茶色に変じた。おもしろい、とアーサーは思い、スプーンを手に取って、肉汁をすくいとり、ついてきた二個の豆と柔らかなニンジンのひと切れを皿に戻してから、また二、三滴、熱い茶色の肉汁を新聞の上に垂らした。そしてまた、二、三滴。やがて、スプーンにすくったものをすべて垂らすと、安い用紙でつくられている新聞が水気を吸って、しわだらけになり、破れてきた。

アーサーは、いらだちから来るこの悪ふざけを目撃した者がいるだろうかと、シンプソンズの店内にぐるりと目をやった。だれもこちらを見ていない。あるいは、さっきのをだれもが見ていて、いまは怒りをまじえた声でこちらの悪口をささやきあっているのだろうか。答えは知りようがなかった。

街路にひきかえすと、アーサーはあれこれの用事をかたづけていった。事務弁護士。薬局。行かねばならない店があって、つい二、三時間前はそこを訪れるつもりでいたのだが、いまはもう、それがどこだったか思いだせないようだった。

不可解な孤独感が生じて、心が揺れた。前にも孤独を感じたことがあるのはたしかだが、周囲に大勢のひとびとがいるなかで孤独になったことは、狂った土地にいるただひとりの正気の人間のように感じたことは、一度もなかった。もちろん、この何年かは、ひとりきりで長い時間をすごすことはよくあった。医院を開業した――そう、最初で最後の開業をした――一年め、アーサーは明るく照らされた無人の診察室で、来る日も来る日も書き物をしながら長い午後をすごしたものだ。安っぽいデスクの前にすわり、玄関先の階段に患者がやってくる足音をむなしく待っていた。そこで、その時間を使ってあれこれと小説を書くことにした。『白衣隊』と名づけた長篇小説、そして諮問《コンサルティング》探偵なるものを初登場させたいくつかの短篇。そのころ、それは――扱いにくい探偵とその忘れっぽいうすのろの助手を構想するのは――ささやかな楽しみだった。ホームズはひどく冷血で、ひどく超然としていて、アーサーとしては愛着が持てなかった。しかし、ワトソンは！　ワトソンはだれもが愛するようになるだろう。自分のお気に入りは彼であって、ホームズではなかった。著者の人生を、その声を共有し、著者の熱い恋愛感情とその苦悩を共有するのは、ワトソンなのだ。いま、アーサーが恋しく感じるのはワトソンだった。それはともあれ、患者がベルを鳴らす音を辛抱強く待ちながらデスクの前で小説を書いていた、あの長い時間にも、こんな孤独を感じたことは一度もなかった。

アーサーはライシーアム劇場へ足をのばした。ライシーアムの丈高い六本の石柱が長い影を落とす歩道を歩いていく。アーサーが訪れたのは遅い午後だったので、屋根が閉じられ、広大な玄関柱廊《ポーチコ》の下は暗くなっていた。その影のなかに入ると、少し暖かくなったように感じられた。

「おいおい」背後から声がかかってきた。「しおたれてるように見えるぞ。だれか死んだのか?」

アーサーはふりむいた。背後の三本めの柱の陰から肩幅の広い男が現われ、霊魂が肉体を持ったかのように日射しのなかに実体化した。ひげは頬のところまで短く刈りこまれ、髪は時代遅れのスタイルで短くカットされて、極端な左分けで頭部に撫でつけられていた。燕尾服を着て、アーサーの目に反射光が直撃するほど磨かれた真っ黒な靴を履いている。国葬に参列するための――いや、彼の場合なら公演の初日《オープニングナイト》に出かけるための――ようないでたちだった。数秒後、アーサーは衝撃から立ちなおって、旧友に会釈を送った。

「ブラム」気を静めようと大きく息を吐きながら、アーサーは言った。「ぎょっとさせてくれるじゃないか」

「深謝する」とブラム・ストーカーが応じ、近寄ってきて、アーサーと握手をした。「ただ、顔色がひどく悪かったもので――きみだと見分けるのがむずかしいほどだったよ」

「そんなに?」アーサーは、氷のように冷たいライシーアムの壁にもたれこんだ。「きょうは……きょうは奇妙な一日だった」

劇場内部に通じる大きな中央扉がだしぬけに開き、きらびやかな女性がはずむようにポーチコに出てきた。

「じゃ、六時にね？」彼女がブラムに声をかけ、帽子の左右から垂れている縮れた茶色の髪を揺らして階段をおりていく。途中、アーサーにほほえみかけ、訳知り顔に太い眉をあげてみせた。

「六時に」ブラムがきっぱりと応じた。

その女性は――まさしくきりっと美しい女《ハンサム》であることは認めざるをえないとアーサーは思った――そのままストランドを歩いていった。女性が人混みに歩調を合わせてそのなかへ没していく寸前、彼女の腕に黒い腕章が巻かれているのがちらっと見えた。アーサーは歯ぎしりをした。

「きみもエレン・テリーのことはよく憶えているはずだ」彼女に声が届かなくなったところで、ブラムが言った。「舞台で演じている姿を何十回と見ているだろう」

「あ、そうとも、もちろん。まちがいなく憶えているよ」

「あの女性は今回のジュリエット役の処遇に腹を立てている」ブラムがにやっと笑った。「ヘンリーがロミオ役にばかり重点を置いているせいで、あの女性は注目を引くことにちょっぴり飢えているんだ。なにしろ、ヘンリーが演じているロミオは、もともとじゅうぶんに目立つ役柄だからね」

これは、ブラムがよくするたぐいの話だった。ライシーアムのマネージャーをしている――とりわけヘンリー・アーヴィングの私的秘書をしている――彼にとって、俳優たちの激烈なエゴをなだめることは生活の一部になっているからだ。アーヴィングは歳をとるにつれ、ますます専横的になり、虚栄心も強くなっていた。さすがに五十五歳ともなれば、たぶんロミオ役を演じるには歳を食いすぎているだろうが、それでもアーヴィングはブラムの反対に耳を貸さなかった。さまざまな劇評が報じられると――もちろん、アーサーはそのすべてを読んでいた――ブラムの意見を擁護するものばかりだったため、老いつつある俳優はさらに怒りを募らせる結果になった。ブラムは、出会いを持ったその日から、主人に隷属する身として忠実に下働きの役目を務めてきたが、アーサーには、彼がその立場を受けいれてからこれまでの十五年間、しあわせを感じたことがあるようには思えなかった。

ブラムは以前から、作家になりたいと願っていた。それが問題なのだ、とアーサーは思った。この友がときおり、ほんのわずかな苦々しさを見せるのは、そのためなのだろう。報いのない気疲れする仕事という重荷を背負うなかで、ブラムは文士としての人生への情熱を固くいだきつづけてきたが、彼の書いたものが日の目を見ることはまれだった。彼は毎朝、早起きしているだろう。毎日、ライシーアムへ出かける前に、その日の経費の切り詰め問題を解決し、アーヴィングへのおべっかのことばを喉がひりひりするまで吐いているはずだ。そんななかでブラムは、背すじが凍るほど奇怪な――まさしく血なまぐさい――小説を書き、抽斗のなかへしまいこむ。その一部をたった一度、アーサーに読ませたことがあった。アーサーは、ただのフィクションであり、私的なものにすぎないとはいえ、ブラムがこれほど残虐なことが書けるとはと思って愕然としたものだ。ある晩、たまたまいっしょに一杯やったとき、ブラムはもっと長いものを書いているとアーサーに語った。不死の悪鬼であり、生き血を吸う伯爵が、この大陸に出現する小説を執筆中だと。これほど柔和な――そして、あえて言えば、罰当たりなほど男らしくない――ブラムが、じつはかくも怪奇きわまる物語を書くだけの度胸を備えていたのだ。

ふたりが出会ったのは二年前、アーサーが書いたひとり芝居の戯曲をヘンリー・アーヴィングに演じさせるため、ブラムが上演権を購入に来たときだった。リハーサルの長い幾夜、上演後のさらに長いワイン浸りの幾夜をともにすごすあいだに、ふたりは早々に友人となった。アーヴィングは尊大な役者だが、抽斗に怪奇小説をたっぷりと詰めこんでいるこの温和な秘書は自分を理解してくれる人物だとアーサーは見てとったのだ。しかし、この男の文学への熱意は長年にわたって半ペニーの収入ももたらさなかったのに、アーサーのほうはきわめて羽振りがよいとなれば、ふたりのあいだに気まずさが生じてもおかしくはなかった。

「ちょっと時間を取れるかい？」アーサーは尋ねた。

「きみのために？」とブラム。「いつでもね。さてさて、きみを苦しめているのはなんなのだ？」

「わたしは彼が嫌いだ！」だしぬけにアーサーは叫んだ。

ブラムが笑う。

「それはきみが生みだしたホームズのことだね？」

「わたしはだれよりも彼が嫌いなんだ！　もしわたしが彼を殺さなかったら、彼がわたしを殺したにちがいない。それなのにいま、ここの——ここのひとびとは、あの男が実在であるかのように、わたしが彼らの父親か彼らの妻を殺したかのようにふるまっているんだ」

怒りが心中に湧きあがってきて、アーサーは早口になっていた。そして、それはなにからなにまで不当なことだと、ブラムに向かってわめきたてた。ホームズはよりよい小説の刊行をじゃましているのだと、創造物はいったん著者の手を離れると、ありとあらゆる方法で創作者を矮小化するようになるのだと。アーサーの吐く息が、パイプの煙のように寒気のなかに吹きだしていた。

とうとうブラムが笑いだした。鶏の声と猫の鳴き声の中間のような甲高い笑い声だった。アーサーは怒りをそがれ、いったん口をつぐんだ。

「わたしは彼が嫌いだ」アーサーはくりかえした。

「きみは無慈悲にあの男を断崖から落下させたんだよ」ブラムが言った。「彼がきみのことをどう感じるか、想像してみたらどうだ！」

8　薄暗い部屋

「きみはぼくの手法を知っているだろう。それを使え！」

――サー・アーサー・コナン・ドイル『四つの署名』

二〇一〇年一月六日（つづき）

〝薄暗い部屋のもっとも暗い隅から、すべてのシャーロック・ホームズの物語は始まる。ガス灯と煙がもたらす豊穣な薄闇のなかにホームズはすわり、その日の書類を読みこみ、長いパイプを吸い、コカインをその身に射つ。暗がりのなかへ煙を吹きあげ、なにかが、彼の研究の核心を突くなにかが生じ、冒険への期待を解き放つのを待ち受ける。解釈すべき手がかりが、彼にしても解決できそうにない謎が、やってくるのを切に願う。そして、ひとつの物語が完結すると、彼はふたたびここに、この暗い部屋に戻り、退屈な毎日を重ねる。その書斎の暗がりは彼の檻だが、彼の天才の子宮でもある。そして、その部屋に入ったとき――〟

——ハロルドはぶるっと身を震わせて、空想から抜けだし、一一一七号室に思考を引きもどした。自分の足は厚い絨毯の上に、自分の顔のすぐ前にはセイラの肩があり、十フィートとない前方に死体があった。

アレックス・ケイルの死体は——ちらっと見ただけで、それは死体でしかありえないとわかった——パン生地のように、絨毯の上に押しつぶされていた。ふたつボタンのブラックスーツを着ていて、太いブラックタイがほんのわずか緩んでいる。ハロルドには、不作法なことだが、葬儀屋のように見えた。ただし、靴は脱がされて、体のそばにきちんと並んでおり、ブラックスーツにほぼマッチしたドレスソックスがあらわになっていた。殺されたとき、彼は身支度の最中で、靴を履きかけていたのだろうか？

ハロルドはセイラのかたわらをすりぬけて前へ、アレックスのほうへ足を運んだ。血なまぐさい物語は何百と読んでいたが、これまで、現実の死体に出くわしたことはなかった。その衝撃は、想像していたよりも大きく、また少なくもあった。懇意とは言えないまでも、知り合いではあった男が生命を失った姿になるというのは、なにはともあれ生前が思いだされて、目が潤み、胸の内で唇を嚙みたい気持ちにさせられるものだ。それでもやはり、犯罪現場のただなかに警戒しながら立つのは刺激的で、不届きではあっても自然なことのように感じられた。

「警察に通報します」支配人が言った。サイドテーブルの電話に手をのばし、受話器の一インチほど手前で、はたと手をとめる。点滅する赤いメッセージ・ランプが、悪鬼のように彼の顔を照らしていた。現場を荒らさないほうがいいと彼は考えたのだろう。「どこにも触れないでください」

そう言うと、彼は意外な速さで部屋から外へ駆けだし、廊下に設置されている館内電話のほうへ走っていった。

「さあ出よう」ジェフリーが涙で潤むうつろな目で言った。

賢明な男ならさっさとドアから外に出るだろう、とハロルドにもわかっていた。死を悼んで、顔を伏せながらだ。それだけでなく、まともな男なら、あとは警察に委ね、翌朝の新聞で捜査状況が報じられるのを待つだろう。正気の男なら、この状況で、アレックス・ケイルの死体に近寄ろうとはしないだろう。

ハロルドは死体のほうへ足を踏みだした。

「ハロルド、よせ」緊迫したジェフリーの声に含まれている意味は明らかだった。

「シャーロック・ホームズだったらどうするでしょう？」ハロルドは問いかけた。無我夢中になっていた。これをしなくてはいけない、自分にできるかどうかをたしかめなくてはいけない。

「ホームズは、自分が出てきたページのなかへすごすごと舞い戻るさ。彼はインクと松の木からつくられた紙が生みだした男だからね」

「もし彼が実在していたとしたら。もしあの小説すべてが現実だったとしたら。彼はなにをするでしょう？」ハロルドは好奇心を抑えきれなかった。

「ハロルド、これはやっかいな状況だ。わたしは片棒を担ぐつもりはないよ」

「床を調べて足跡を探す！　彼がするのはそれでしょう。ホームズ・シリーズの第一作『緋色の研究』において、彼が真っ先にやった捜査活動は、足跡を調べることでしたよ」

「ここには絨毯が敷かれているんだ」ジェフリーが言いかえした。

ハロルドは足もとへ目をやった。事実、床全体に濃い灰色をしたプラシ天の絨毯が敷きつめられていた。どこにも足跡は見てとれなかった。シャーロック・ホームズは実在してはいない。ハロルドは探偵ではないのだ。

「でも、ホームズは必ず足跡を見つけだします」ハロルドは訴えた。どうにも気持ちを抑えられなかった。

セイラが、驚いたような呆れたような目で彼を見つめる。

「本気なのね」笑みをひろげつつ彼女が言った。

その眉がぐいとあがって、口がぽかんと開いていることから、ハロルドは彼女が同時にありとあらゆる角度からものを考えようとしているのを見てとった。

「本気のはずはない」ジェフリーが言った。「これは異様な事態だ。きみは文学研究者であって、探偵でもなんでもないんだぞ」

ハロルドは応援を求めて、ジェフリーからセイラへ視線を動かした。その途中、ドアの開いたバスルームの背の高い鏡に映る自分自身の姿が垣間見えた。自分のよごれたスニーカーと、その背後にある死体が映っていた。まっすぐに立った体の上方へ目を移すと、鹿撃ち帽が見えた。その自画像にどきっとして、一瞬、間《ま》が空いた。

ハロルドは少しでも援護がもらえたらと思い、小さな子どものような目でセイラを見つめた。

「つぎにホームズがするのはなにかしら?」彼女が問いかけた。

ハロルドとジェフリーが長いあいだ見つめあう。ハロルドは、答えを口に出すのはジェフリーに任せることにした。

「やるな」きっぱりとジェフリーが言った。「そんなことをやってはいけない」

「シャーロック・ホームズは死体に近寄り、そばに膝をついて、丹念に調べる」ハロルドは引用をした。

そして、立ったままバレエ・ダンサーのように腰をかがめて、死体のほうへ身をのりだした。アレックスの左目はほぼ閉じられていたが、右目は驚くほど大きく開いていて、あの開きぐあいは尋常じゃないとハロルドは思った——が、率直に言って、いまここでこれぞ尋常と見なせることがなにかあるだろうか? アレックスのふさふさした茶色の髪が、卵の上にすわった鶏のように頭部を覆っていて、透明に近いほど白い肌の色を強く際立たせていた。レンズの厚みが一ミリほどのチタン・フレーム眼鏡は、曲がりも折れもせず、そのまま残っている。赤紫の虹のような筋が首の周囲にあり、印象派の画家が微妙な色合いで描いた印象的な傷痕のように見えた。赤紫色を呈したその首から、細い黒の紐が垂れていた。それは柔らかそうで、布のように見えた。それをよく調べようと、ハロルドは膝をついた。そして、そのときになってようやく、部屋の空気にかすかな排泄物のにおいが漂っていることに気がついた。死体からのものだろう、とハロルドは思った。死ぬときに漏れてしまったのだ。

「首に巻きついてるあれは」セイラがハロルドのかたわらに膝をついた。ジェフリーの警告をはねつけて、ハロルドの検分を応援する気になったらしい。

ハロルドは目を近づけてのぞきこみ、紐に手をのばした。

指に触れた感じでは、それはコットンのようで、それをたどっていくと、先端にプラスティックの小さな留め具があるのがわかった。

「靴紐だ」ハロルドは言った。セイラが手をのばして、それをさわっているあいだに、ハロルドは、ベッドのかたわらにきちんと並べて置かれているアレックスの靴へ目を向けた。やはりというか、左の靴の紐がなくなっていた。

「彼の靴の紐だ」ハロルドは言った。

ごくささいな発見でも、その瞬間には、まぎれもない高揚感が湧きあがるものだ――たとえば、きのう穿いていたズボンのポケットの奥につっこんでいた自宅の鍵束を見つけたときとか。なかなか寝つけないとき、さまざまな謎の説明を求める声が、バスルームの蛇口から滴り落ちる水音のように、しつこくささやきかけてくるのが聞こえる。そして、先カンブリア時代にさかのぼるほど古く、苔むした心の記憶庫から、魔法のように、母の古い電話番号がよみがえってきたりするのだ。人間には、ものごとの関連を見いだすのと同じくらい気を浮きたたせる事柄がいくつかある。発見。解決。ハロルドはぶるっと身を震わせた。

「ホームズはつぎになにをするかしら？」セイラが問いかけた。

「彼を助長させるな！」ジェフリーがわめいた。「警察がやってくる。いっしょに本物の刑事たちがやってくる。本物の捜査機器もだ。ここは殺人現場なんだ、ハロルド。どこにも、なににも触れてはいけない。ホームズには指紋分析はできなかったが、いまの警察はできるんだ」

「一理ありますね」考えこむようにハロルドは言った。「でも、ホームズはそれ抜きで、じつにうまくやってのけたのでは？　いまはCSI（科学捜査班）チームがあり、静電気指紋検出技術があります。それでも、ニューヨーク市警の殺人事件解決率は、どうだったか——六十パーセントぐらいのもんでしょう？　ホームズのほうがはるかに解決率は高かったのではないですか？」

「これは異常事態なんだ」懇願口調でジェフリーが言った。「きみはショックを受けている。当然だ。アレックスが死んで、きみがショックを受けるのは。しかし、この犯罪現場を乱して、本物の警察が殺人犯を見つけだすじゃまをしてはいけない。すぐに彼らがやってくるんだ」

「おっしゃるとおり」ハロルドは言いかえした。「まもなく彼らがやってくるでしょう。彼らが来て、あらゆるところを踏み荒らしてしまう前に、われわれが部屋を調べておいたほうがいい。『緋色の研究』のなかに――えーと、なんだ、その物語のなかばあたりに――警察が来て、現場をとっちらかし、すべての物証をだいなしにするシーンがあるでしょう。われわれはいかなる手がかりも見逃してはいけないんです」

「自分がなにを言ってるか、ちゃんとわかってるのか、ハロルド？　どんなふうに聞こえるか、その自覚はあるのか？」ジェフリーが大きく息を吐きながら、うめくように言った。

「こんなことは言いたくもなかったが、きみはいまだけじゃなく、その帽子をかぶってるだけで、ばかみたいに見えていたんだ。さあ、帽子を脱いで、いっしょにここを出よう」

ハロルドは彼を無視して、部屋の左奥の隅へ移動していき、壁の二面が出会う地点まで進んでから、部屋の端の部分を綿密に調べていった。

「セイラ、あまり時間がない。きみが日記を探してくれないか？　まあ、見つかるとは思えないが――殺人犯が男か女かはさておき、そいつは部屋じゅうを徹底的に調べて、探していたものを見つけだしただろうしね」

セイラにしても、事件発生現場の物品を意図的に動かしていいものかどうかと考えるための時間が不要だったわけではないようで——実際にそうした。だが、その時間はごくごくわずかなものにすぎず、ほぼ瞬時に彼女は決断していた。ハロルドには間髪をいれずと思えるほどすばやく、セイラが紙の散らかった場所へ身を移して、紙束をつかみあげ、重要なものかどうかを推しはかりにかかった。

「日記はどんな見かけをしているの？」彼女が問いかけた。

ハロルドは考えこんだ。

「革張り。古い。百年前の古びた日記に見えるだろう」

「ホームズなら同義反復じゃなく、要点だけを言うと思うんだけど」

「実際に見たら、はっきりそれと判別がつくと思う。いいね？」

セイラが見つけだした紙束には、アマチュア探偵が興味を覚えるものはろくになかった——それは、アレックス・ケイルが執筆し、未完に終わったコナン・ドイルの伝記の七〇九から八四一ページのコピーで、見たところ、その部分については完全に仕上がっているようだった。彼女が死体のそばから古風な万年筆を拾いあげ、ハロルドによく見えるよう、それを掲げてみせた。パーカー万年筆のデュオフォールドの、おそらくは一九二〇年代に製造された〝ビッグレッド〟と呼ばれるモデルで——軸が赤で、下端部だけが黒になっていた。コナン・ドイルが最後のホームズ物語を執筆するのに使っていたのと同じモデルだ。

彼女は数冊のハードカヴァー本も見つけだした。ホームズ・シリーズの完全なコレクションで、読みこまれすぎたためによごれ、擦りきれており、余白が真っ青に近くなるほど、古めかしい万年筆による書きこみがあった。ほとんどすべてのパラグラフで、どれかの語に下線が引かれるか、そこの余白部分に感嘆符が記されるかしていた。彼女が低い椅子の下にケイルのブリーフケースを見つけだし、それをひっぱりだして、ハロルドのほうへ絨毯の上を滑らせた。昨夜、ハロルドが目にしたブリーフケースで、すでに蓋が開いていた。そして、なかは空《から》だった。

彼女が床を調べているあいだに、ハロルドは鼠の目の高さに身を置いて、濃い灰色の絨毯とオフホワイトの壁紙が出会う箇所を見てみた。壁紙のほぼ全体に百合模様の縦縞が施されているが、下方のところには装飾がなかった。彼は上着のポケットに手をつっこんで、拡大鏡を取りだした。それはこれまで、不安や退屈を感じたときに指でもてあそぶおもちゃとして使ってきただけのものだった。

ハロルドが拡大鏡を取りだしたのを見たジェフリーが、恥ずかしくなったように首をふる。

ハロルドは順序立てて部屋の各壁を調べていった。レンズを通すと、壁紙のあちこちにしわがあるのが見てとれた。そこの凹凸はどれもこれも、乾式壁に壁紙を貼るときにできたもので、砂丘のようにほうぼうがふくらんでいた。ホームズは最初の事件で、不吉なローリストン・ガーデンの家を徹底的に調べたとき、なにを見つけようとしていたのだろう？　その家の室内は、何年も空き家だったために、荒れ果て、埃に覆われ、黴《かび》が生えていた。ホームズは埃を掘りかえし、真っ暗ななかでマッチを擦って火をつけ、壁の隅という、なににも使用されていなかったところに、血で記された〝RACHE〟――ドイツ語で〝復讐〟を意味する語――の文字を発見した。しかし、とハロルドは考えた。そんな手がかりの発見は心躍るものだろうが、それを発見したとき、ホームズはなにを見つけようとしていたのか？　殺人の真犯人がその動機を明かすようなメッセージを、都合よく残してくれるなどということがありうるだろうか？　あとずさってみると、そこに見えるのは、ホテルの部屋のきれいな壁紙と、掃除機がかけられてから間もない絨毯だけだった。つまるところ、自分にもホームズのように劇的に手がかりを発見できると期待してはいけなかったのだろう。ここには血染めのメッセージのようなものはなさそうだ。そんな予想をした自分が悪かった。だが、ホームズの手法は――それは、うまくいくはずだ。ぜったいにうまくいくにちがいない。では、自分はいったいなにを探せばいいのか？

ハロルドは捜索を再開し、部屋を百八十度、木のデスクと椅子があるところまで、一インチ刻みに見ていった。デスクの上に、散らかった紙と筆記具類があった――この部屋をくまなく探したやつはとりわけ、ホテル備えつけの『ペイパービュー視聴ガイド』の下に日記が残されていないかどうか確認せずにはいられなかったのだろう。ハロルドは椅子をひっぱりだして、デスクの下へもぐりこみ、捜索を継続した。ところが、デスクの下は暗くて捜索がむずかしかったので、ハロルドは助けになるものを求めて上へ手をのばし、デスクの上に横倒しになっていたランプを取りあげた。

点灯し、電球を壁のほうへ向ける。

その瞬間、彼はぎょっとして身を震わせ、ランプを取り落とした。電球が割れ、セイラもジェフリーも考えごとから引きもどされて、ハロルドのかたわらへ駆けつけた。まず彼らの目に留まったのは、きれいな白壁についている、ぼうっとした黒っぽい小さなよごれだった。そのあと、デスクの下に膝をつくと、絨毯の縞模様に沿って赤茶色の文字が、フィンガーペインティングのように粗雑に書きなぐられているのが見えてきた。拡大鏡を使わずとも、まだ乾ききっていないそのメッセージを読みとることはできた。

それは、〝ELEMENTARY〟――〝初歩だよ〟――と読めた。

血で記されていた。

9 センセーショナルな展開

「きみはまだシャーロック・ホームズを知らない……たぶん、彼とずっと同居したいとは思わないだろう」

——サー・アーサー・コナン・ドイル『緋色の研究』

一九〇〇年十月十八日

アーサーの郵便受けに届いた〝郵便爆弾〟は、もくろみどおりには炸裂しなかった。

その炸裂まであと十分ほどというころ、アーサーは格子窓のそばにすわって朝食をとっていた。淡い秋の陽光が、九つに分かれた四角い窓から射しこんでいた。こういった曇り日は、ガラスを仕切っている白木の枠のほうが窓からの光より目にまぶしく感じられるものだ。アーサーは卵とトマトの料理を食べていた。

シャーロック・ホームズの死から、七年が過ぎた。この七年のあいだに、アーサーは以前とはかけ離れた新たな自己を構築するために、いくつもの小説を書き、新たな経験をしてきた。ロンドンを離れてハインドヘッドに移り住み、ホームズとはすっかり縁を切った。これこそ、つねに自分が夢見てきた人生だった。

ここに新居を建て、アンダーショー屋敷と名づけたのは、三年前のこと。そのときもここは壮麗だったが、年月を経るにつれ、さらに壮麗さを増していた。この屋敷にはカーニヴァルを感じさせる気配が漂っている。大きな厩舎がいくつかあり、それがほぼ毎週末ごとに友人たちを引き寄せていた。かわいい子どもらや遠縁のひとびとがやってきて、あちこちを駆けまわる。ヒンズー教の大かがり火でも焚けそうな暖炉があった。アーサーは薄暗く静かなビリヤード・ルームでブラムやジェイムズ・バリーとゲームをし、もう何度も敗北を喫していた。新品のランドー馬車を、百五十ポンドという大金に加え、それを引かせるための二頭の馬の代金も支払って購入した。その馬車には、召使いの手で家紋が描かれていた。じつのところ、アーサーは以前から、可能になったときには、新居にまつわるさまざまな事柄のひとつとして、必ずドイル家の紋章を入れるつもりでいたのだ。それは、自分はどんな出自であったかを思い起こさせ、自分はここまでたどり着いたのだという誇りを感じさせてくれるものだった。実際、紙にペンを入れるという単純な能力と、物語を紡ぐためのそこそこの才能だけで、ひとりの男がこれほどのことを成し遂げられるとは、考えてみれば驚嘆すべきことではあった。空想の力で購入した家。安っぽい三文小説がこの家を建てたのだ。

この七年間、ありがたいことに、シャーロック・ホームズはライヘンバッハの滝の水中に没したままでいてくれた。たしかに、ひとびとはいまも彼のことを語っている。たしかに、ひとびとは——見知らぬひとびとは——いまも彼のことを書き、彼を論じ、過去に彼が登場したあらゆる雑誌の編集者たちに、その復活を願う手紙を送りつけている。だが、ここはそうではない。この家には、彼のことをあえて口にする人間はいない。アーサーのいるところでは、というか、あの探偵が〝代金を支払った〟この豪勢な家のなかでは、〝シャーロック・ホームズ〟の名を声に出して言う者はいないのだ。

爆弾の炸裂まであと五分というころ、アーサーは朝食のテーブルを離れ、玄関先に置かれたマホガニーのテーブルに届けられるこの日の郵便物を取りに行った。それは楽しんでやっている日課だった。屋敷の廊下を順にたどって歩いていくという満ち足りたひとときを、彼は楽しんでいた。八つの寝室がある二階で、子どもらの小さな一団とその付き添いのひとびとが走りまわっていた。外では厩舎頭が、アーサーの所有するノーフォーク産のたくましい八歳馬ブリガディアに餌を与えている。玄関の窓を通して、この三階建ての家より高くそびえる松の木々が見てとれた。たぶんこの冬が深まったころ、客間にクリスマスツリーを飾るために、近くの森からその一本を頂戴することになるだろう

アーサーはこの朝の郵便物の束をすくいあげて小脇にかかえ、中身を検分すべく書斎に足を向けた。手紙の数かずをすばやく開封していく。弟のイネスの手紙には、選挙につい

て思いやりのあることばが記されていた。アーサーはありがたくは思ったが、選挙のことはあまり考えたくない気分だった。彼は数カ月前、ボーア戦争に反対する住民が多数を占めるエディンバラ選挙区から総選挙に立候補した。この前年、戦場から帰還したとき、アーサーは英国の国益の観点からその戦争の歴史を執筆し、それだけでなく、同胞の市民たちに軍の努力への支援を求めるパンフレットの文章も数多く書いた。そのあと、自分の主戦論的観点が議会《ウェストミンスター》にとって有用なのは明白だと考えて、陸軍省に出向きもした。彼の基本政策には、いかなる対価を払ってでもボーア人の反乱を打ち負かすという公約以外にも、英国が国内で容易に生産できる食品類（小麦や牛肉など）に関しては、国外から英国への輸入品に課される関税を引きあげ、その一方、国内では生産できない食品類（砂糖や茶葉など）に関しては、関税を引きさげるという公約も含まれていた。この公約は有権者の関心を呼び起こすことはできず、婦人参政権というむずかしい題目に関する公開的な討論にひっぱりだされることになった。アーサーには選挙にその問題を持ちこむつもりはなかったのだが、反婦人参政権論者の一員であったため、その討論への参加を要請されると断るわけにはいかなかったのだ。安っぽい印刷物が流布して、アーサーのカトリック主義を誇張した噂がひろまったこともあり、アーサーはわずか数百票の差で、その選挙区の議席を奪取することに失敗した。そして、教皇の手先だという誹謗中傷と戦うよりはと考えて、ハインドヘッドへ、フィクションの世界へひきかえしたのだ。

つぎに開封したのは、《ストランド・マガジン》で長年にわたって編集者をしてきたH・グリーンハウ・スミスからの手紙だった。ホームズものの新たなシリーズに対して九千ポンドのオファーが示されていた――かつてない高額だ。アーサーは手紙をくしゃくしゃにして、さっさと屑入れに捨てた。返事を書くつもりもなかった。アメリカの雑誌《コリアーズ・ウィークリー》が、同じシリーズのアメリカにおける版権に二万五千ドルのオファーをしていた。アーサーは、ここは紳士としてのたしなみを示し、どちらの要請も無視するのがよかろうと考えた。手紙にそれなりの返事を書いて、両者に地獄に堕ちろと命じるよりはましだろう。

彼は、勇将《ブリガディア》ジェラールを主人公にした新作をふたつ書きおえたばかりだった。こちらのシリーズに関する要請は？（愛馬の名はこのキャラクターにちなんだもので、その逆ではない）。自分が人生においてどれほどの偉業を成し遂げようと、一般大衆が――あのうすのろどもが――切望する血なまぐさく卑しい冒険話へホームズがつねに引きこもうとするだろう。アーサーは気を取りなおし、ゆっくりと何度か深呼吸をした。この家にシャーロック・ホームズの思考を持ちこませるわけにはいかない。

あとの手紙は、いますぐに読む気にはなれなかった。それより、郵便物の束のいちばん下にある小包が気になった。手紙ではなく、そちらを開けよう。

爆弾の炸裂まであと一分足らずというころ、アーサーはその小包をデスクの上に置いて、その前にすわった。それは安っぽい茶色の紙で包まれていて、驚くほど重く、擦りきれた麻糸で結ばれていた。消印はサリー郵便局となっていたが、差出人が記されていなかった。

アーサーは麻糸を一気に引きちぎり、茶色の包装紙を慎重に解いていった。黒い箱が姿を現わした。メモかカードか店の勘定書きが添えられていないだろうかと探してみたが、差出人や中身を示唆するようなものはなにも見つからなかった。

蓋を持ちあげると、金属と金属がこすれあう音が、ついでカチッと鋭い音が聞こえた。なかをのぞきこむと、くしゃくしゃになった新聞紙の束のなかに、幼児用寝台に置かれた赤子のように、ダイナマイトが鎮座していた。

一瞬、アーサーは自分の反教皇の立場を考えなおそうかと思った。政治的中傷はわきに置き、いま自分に必要なのはじつのところ、敬虔なカトリック教徒に立ちかえることではないだろうかと思ったのだ。

彼は一世代の期間とも永劫とも感じられる時間をかけて、そろそろと立ちあがった。人生でもっとも長い四秒間だった。爆発は起こらなかった。自分は死ななかった。この一件がローマ教会の正しさを確信させることになるのか、それへの不信をもたらすことになるのか、そこのところは不確かだった。

そしてまた、どのように動けばよいのかもよくわからなかった。この包みをちょっとでも揺らせば、なかに仕掛けられていることが一瞥でわかった導火線に火打ち石が火を点じ、さっきは奇跡的にまぬがれた爆発が生じるかもしれない。アーサーには爆弾の製造に関する知識はわずかしかなく——その知識も、アフリカでボーア軍と戦う連隊にいたときに得た、きわめて限定されたものでしかなかった。しかも、郵便爆弾というのは反乱軍の用いる武器として一般的なものではなかったから、このような仕掛けを無効化する手法はアーサーの知識の埒外にあった。

彼は助けを呼ぼうと口を開きかけたが、すぐにやめた。もし息子のキングズリーが叫び声を聞きつけ、ここに駆けこんできたら？　友人のロジャーがそうしたら？　女中のだれかがそうしたら？　おのれの命を救うために他人を危険にさらすわけにはいかないだろう。そんなことはぜったいにできない。

彼は箱のなかをのぞきこみ、その構造を理解するための、すなわちそれを破壊する手立てを探りだすための手がかりを求めた。短い導火線が——せいぜいが数秒ぶんの長さしかないにちがいない、とアーサーは思った——上部の火打ち石のところから棒状のダイナマイトへのびていた。そのほかに、ダイナマイトに糸のようなワイヤが二、三本巻きつけられているのが見えたものの、その用途はアーサーには不明だった。ダイナマイトを包むしゃくしゃの紙が震えており、それが震えているのは自分の手のせいであることがすぐにわかった。指先で包みの端をしっかりとつかんでいるのだが、その震えは肩から始まって、さざ波のように、手にだけではなく全身にひろがっているように見えた。

彼はさらに目を近づけて、新聞紙を見た。小さな印刷文字のあいだに、ひとつの似顔絵が見てとれた。なにかの記事の説明画らしい、と彼は思った。政府のだれかだろうか？それとも議員？　アーサーは包みを顔のそばへ引き寄せた。

その新聞記事に描かれていたのは、鳥のように痩せこけた顔と射貫くような鋭い目つきをし、ロングコートを着て、山の高い鹿撃ち帽をかぶった男の絵だった。シャーロック・ホームズだ。

ダイナマイトをくるんでいたのは新聞紙ではない。《ストランド・マガジン》の数ページ。ホームズの短篇のページを何枚か破りとったものだ。恐怖が怒りに変わってきた。いいい

もしそうなるようにされていいたのなら、早々にそうなっていいたはずだ。アーサーはいつものように、誤った引用文を頭に浮かべた。

包みをサイドテーブルに置くと、箱のなかのダイナマイトがわずかに右へ転がった。だが、爆発は起こらず、ダイナマイトが動いたせいで、その下にある別の紙があらわになった。一通の封筒。見たところ、封がされているようだ。

彼はあえて手をのばし、それをつかみあげるだろうか？　彼はそうした。

アーサーは重い棒状のものの下から、そっと封筒を抜きだした。表に文字が書かれているのが見えたが、まだ読みとれるまでにはいかなかった。現われた封筒を、アーサーは、石に刺さった名刀（アーサー王の物語に登場する剣、エクスカリバーのこと）をながめるように凝視した。ダイナマイトが

なにか硬いものの上に落ちるような音を発した。金属かなにかの上に。

また金属どうしがこすれあう音と、カチャッという音が聞こえた。封筒の下に隠れていた二個めの火打ち石が火花を発する。ダイナマイトに巻きつけられているコイルに火が点じられた。

アーサーは、その時点における唯一の理に適った行動をした。さっときびすを返して、ダイナマイトに背を向け、四十一歳になった男の脚として可能なかぎりの速さで駆けだした。戸口にたどり着いたとき、爆弾が炸裂した。轟音で鼓膜が破れそうな気がした。書斎全体にマホガニーの破片が飛び散る。窓が壊れて、白い枠木が外へふっとばされ、ガラスの破片があたり一面に撒き散らされた。アーサーは戸口の外の床にへたりこんでいた。書斎のなかでは、まだ花瓶や書籍やインク瓶、一度も使ったことのない炭酸水製造装置《ガソジン》が、置かれていたテーブルから落下する小さな音がつづいていた。

四方八方から叫び声が届き、この大騒動の原因はなんであったかをたしかめようと、家族のみんなが駆けつけてくる足音が聞こえた。ふりかえって書斎がどうなったかを確認する勇気はなかった。

アーサーはなにもせず、床に這いつくばっているだけだった。衝撃で身がこわばり、引きつっていた。自分の手があの封筒をしっかりと握っているのが見えた。くしゃくしゃになり、つかんでいる掌の汗でいくぶん湿ってはいたが、封をされた封筒の表に記されているただ一語の文字は、はっきりと読みとれた。
それは〝ELEMENTARY〟と読めた。

10 応用科学としての演繹推理

「犯罪はありふれたもの。正しい推論はまれなもの」
——サー・アーサー・コナン・ドイル「橅《ぶな》の木荘」

二〇一〇年一月六日（つづき）

ハロルドは、周囲で議論をしているシャーロッキアンたちをできるだけ無視しようとつとめた。彼らの声がさらに大きく、さらに激烈になってくると、ランチタイムに自分のグラスに注いだバーボンの、三個のアイスキューブをいっそう強く注視せざるをえなくなった。氷が溶けるにつれ、角が丸みを帯びていくのが見てとれた。彼はグラスをふって、バーボンを注ぎ足してから、またたっぷりと飲んだ。時刻は正午前後になっていた。

背後でふたりの男が立ちあがり、非難するように人差し指を突きつけあう。ホテルのほかの場所でも同じような議論が巻き起こっていた。長年にわたって緊張状態にあった断層がずれて、地震が起こったようなものだ。ハロルドには、このような一日にアマチュア探偵としてこの場に参加しているのは自分だけだとは到底思えなかった。バーには推論に励むシャーロッキアンが群がっていたが、だれも確証を持ちあわせていないので、この犯罪を説明するための大きな枠組みを生みだすことはできなかった。〝正典〟の論理と一致しない、いくつかのささいな点が、残虐な殺人をさまざまに解釈させることになった。あるひとびとは小さなグループをつくり、解決に至る知力と知識を持ちあわせていることを願いつつ、自分たちの仮説を練りあげようとしていた。なかには、ひとっ飛びに〝捜査〟段階に踏みこんで、自分たちがつくりだした筋書きの結末に一気に着地し、テーブルの向こう側にいるだれかを邪悪な裏切り者としてただちに指弾するひとびともいた。そしてまた、その〝邪悪な裏切り者〟のことばがあちこちで発せられるまでになった。だれもが容疑者だった。その一方、これは世界最大のシャーロッキアンの集まりとあって、だれもが探偵でもあった。

ハロルドはと言えば、頭脳全開状態から動物的欲求（食べもの、静けさ、バーボン）と、動物的音声（単音の発音、喉の奥のうなり声）へと退行していた。家に帰りたい気分だった。

恐ろしかった。現実の死に出くわしたために、頭皮が汗まみれになっていた。周囲の話し声が耳に届かないよう、ハロルドはカウンターの上からドライ・プレッツェルをつぎつぎに取りあげて、口に放りこみ、バリバリと音を立てて嚙み砕いた。たいていの人間は怯えたりなにかに夢中になったりしたときは食欲を失ってしまうことは、以前から知っていた。危機のさなかの不安な夜に、密封パックのスナックをがっついてしまうつど、自分もみんなと同じようになりたいと願ったものだ。落ちこんでいるときは、自分を抑えて、ココナッツ・フローズンヨーグルトの山だけですませられる。それなのに、不安なときは、チップス、塩ヴァニラクッキー、プレッツェルといった、嚙み砕かなくてはいけない塩味の炭水化物が必要になってしまう。通常、そういった状況では酒はさしひかえるのだが、ついさっき、知り合いだった男の冷たく青ざめた死体を見た直後ということを考えれば、自分を大目に見て、気持ちを落ち着かせるために十年もののシングルバレル・バーボンをやってもいいだろう。

セイラがどこからともなく現われて、ハロルドの隣のバー・ストゥールにするりと腰かけ、慰めるように彼の背中をさすりだした。ふだんのハロルドは、他人に触れられるのは好まないが、いまは特殊な状況とあって、それが快く感じられた。

「まだ朝の十一時三十分よ」笑みを浮かべて彼女が言い、彼のグラスのほうへ顎をしゃくってみせた。

「長い朝だった」とハロルドは答えた。

セイラが同感してうなずき、バーテンダーにコーヒーを注文する。それが来るまで、彼女は沈黙を守っていた。

「警察に手荒い扱いを受けたんでしょ？　彼らはときどき、ちょっぴり……粗野になるわ。警察を相手にすることに慣れていない人間に対しては」

ハロルドには、拘留されたときの警察の扱いかたを表わすのに〝手荒い〟の語が適切かどうかはわからなかった――それより〝身のすくむ〟のほうが近いだろう。警察は、事件現場に到着して、ハロルドが未使用の枕を検分しているのを見るなり、彼に手錠をかけたのだ。二名の捜査員による徹底的な身体検査でも怪しいものはなにも発見されなかったが、それは、ハロルドの他人に触れられることへの不安を湧きあがらせた。彼らの手が腰や腿を軽くたたくと、ハロルドはそそけ立った。彼らは手錠をかけたまま、廊下の奥にある無人の部屋へハロルドを連れていき、まる一日とも思える長時間、アレックスとの関係や、ハロルドの発見した壁のメッセージについて事情聴取をおこなった。混乱と空腹が募るにつれ、彼らの質問に対するハロルドの答えはしどろもどろになっていった。そして、いつもの悪癖が出て、アレックス・ケイルを殺したのはハロルドではないだけでなく、だれがやったのかハロルドには見当もつかないという明白な事実を大げさにしゃべりたてるまでになった。警察は、運転免許証をもとにすべての情報を引きだしたところで、ようやく、捜査が終結するまでこの街を出てはならないことを明確なことばで彼に言いわたし、身柄を解放したのだった。わかってみると驚いたもいいところだったが、事情聴取の時間は九十分もなかった。

「じゃあ、きみは彼らを相手にすることに慣れているのか？」ハロルドは問いかけた。

「わたしはもっと若いころ、ボストン郊外にある《セイラム・ニューズ》に勤めてた。事件記者をしてたんだけど、ああいう小さな新聞社では、事件記者の仕事のほとんどは、その市警の署長に電話をかけて、前夜だれが捕まったかを聞きだすことだったの。あの署長はいやなやつだった——ほかの警官たちの前でいつもわたしを〝ハニー〟と呼ぶんだもの。でも、わたしは彼からことばを引きだそうとする立場だから、ろくになにも言えなかった。なにはともあれ、笑みを浮かべて、愛想よくし、事件を取り扱うのは自分たちなんだと彼らに感じさせるようにするしかなかった——実際、彼らはそうなんだしね」彼女がまたコーヒーをひとくち飲み、ストゥールの上で身をまわして、まっすぐ彼に向きなおる。社会的習慣の法則に動かされて、ハロルドは彼女に顔を向け、その目をのぞきこんだ。

「あなたはへこたれず、しっかりしていられる？」

ハロルドはその問いにどう答えればいいのか、すぐにはわからなかった。へこたれていないわけではないし、まちがいなく、しっかりしてもいなかった。

「ぼくはほんとうに容疑者のひとりにされてると思う？」ハロルドは問いかえした。

「まじめな話、それはないでしょう。きっと彼らは、犯罪現場をひっかきまわしてはならないという教訓をあなたに施したかっただけよ。あなたを怯えさせることで」

「彼らはそれをうまくやってのけたね」

セイラが笑う。

「ここにいるひとたちはみながみな、だれがやったかの仮説を持ってるように見えるけど」バーのいたるところで議論をしているシャーロッキアンたちのほうへ手をふりながら、彼女が言った。「あなたはどう考えてるの？」

じつのところ、ハロルドはこの二時間ほど、そのことをさんざん考えてきた。だが、頭に浮かんだのはどれもこれも、有望でないか、考える気にもなれない仮説ばかりだった。

「じつは、壁に記されていた〝ELEMENTARY〟という語は……あれがホームズの小説のなかで実際に使われたのは一回だけなんだ」

「ほんとに？」セイラが言った。「シャーロック・ホームズものからの有名な引用語のひとつなんじゃないの？〝初歩だよ（ELEMENTARY）、ワトソン君〟ってやつ」

「うん、その台詞はだれでも知ってるけど、ホームズのオリジナル小説がもとでよく知られるようになったわけじゃないんだ。それが多用されたのは、ジェレミー・ブレット主演のテレビドラマ・シリーズにおいてでね。すべてのオリジナル小説のなかで、ホームズがワトソンに〝初歩だよ〟と言ったのは、『背中の曲がった男』での一回きりなんだ」

「へえ」

「つまり、特定の小説から引用された、まさしく特定の語ということさ。奇妙だ。それに、場所も。ホームズ・シリーズの第一作『緋色の研究』のなかで、彼は壁に血で記された語を発見する。薄暗い部屋の、もっとも暗い隅で」

「あの上の部屋の壁にメッセージを記すのに使われた血は、アレックスのものじゃなかった」セイラが言った。「彼の死体には、刺された痕跡も切られた痕跡もなかった。それぐらいのことは、わたしでも警察から聞きだせたわ」

「それもあの小説と同じでね。その血は被害者のものじゃなかった。殺人者のものだったんだ」

セイラとハロルドは長いあいだ黙りこくって、そのことを考えた。

「あなたは、自分がこの事件を解決しようと思ってるんじゃない？」ようやくセイラが口を開いた。「アレックス・ケイル殺人事件を解決するつもりなんでしょ」

それは明々白々と言いたげな口調だった。ハロルドはどうだろうと考えて、そのとおりだと気がついた。

ハロルドは〈ベイカー・ストリート・イレギュラーズ〉の最年少会員だが、かつてはほかならぬアレックス・ケイルが最年少会員だった。ケイルができずじまいになったことを自分がやって、ケイルをよみがえらせよう。彼が始めたことを自分が完結させることによって。ケイルができなかったことを――解決を――することによってだ。

セイラがほほえむ。

「けさはホテルに大勢の刑事が来てるけど」彼女が言った。「あなたの考えは正しいと思う。この事件を解決するのはあなたってことになるでしょう」

ハロルドは感激し、勇気づけられた。

「こんなことをしようという気になったのはだれなのかを知る必要がある……アレックスを殺そうという気になったのは、どういう人間なのか?」彼はつづけた。「こんな奇妙で不気味なやりかたで人殺しをし、シャーロック・ホームズの小説にまつわる一連の手がかりを残すことにしたのは、どういう人間なのか?」

セイラが部屋を見まわし、口論をつづけているシャーロッキアンたちに目をやった。ふたりの女性が現場の図解とおぼしきものをバーのナプキンに書きつけ、どのように殺人がおこなわれたかについてめいめいの主張を証明しようとするかのように、代わる代わるそれを指さしていた。

「いやってほどたくさんミステリを読んだ人間でしょ」セイラが言った。

11　スコットランドヤード

「警察というところは事実を集めることにかけては有能です。ただし、それをつねに有効に活用するわけではないので」

——サー・アーサー・コナン・ドイル「海軍条約文書」

一九〇〇年十月十九日

「よろしいですか」ひげ面の警部補が言った。「どうやら、本気であなたを殺そうとしたのではないようです。そうではなく、いやというほどあなたを怯えさせようとしただけではないでしょうかね？」

アーサーはため息をつき、警部補の前のちっぽけなデスクを指先でこつこつやった。デスクの上に、〝ミラー警部補〟とブロック体で書かれた真新しい名札が置かれていた。男の襟についている二本の縦線からなる徽章が、このばかな警官《ボビー》の地位を強調していた。

いま初めてアーサーが身を置いた、ニュー・スコットランドヤードの本館は、水曜日の朝とあって驚くほど静かだった。この建物はつい二、三年前に建てられたばかりで、職員数に対して広すぎるように思えた。制服の警官たちが床を踏んで歩く足音が、近くからも長い廊下のはるか先のほうからも聞こえてくる。その軽い反響音が、そうでなければいらだたしいだけの会話を多少はましなものにしていた。トランスヴァールでボーア軍の奇襲兵を捜索しているときに耳にした、先住民の打楽器を彷彿させる音だ。

「あれは、わたしの郵便受けに届いたのは、爆弾だったのですよ、警部補」アーサーは言った。「ライティング・デスクがまっぷたつにされた。わたしが恐怖を覚えたことはご理解いただけるでしょう。家族が家にいたのです」

アーサーは精いっぱい努力して、自分を抑えた。目の前にいるこのミラー警部補は愚か者であることがわかりきっていても、その気楽な顔を見るといらだち、腹が立ってくるのだ。もみあげを短く刈った羊毛のようなひげがつながっているせいで、警部補の顔はぴしっと制服を着こまされたビーグル犬じみて見えた。

「そうでしょうとも、ドクター・ドイル、そうでしょうとも。ヤードのわれわれはあらゆる手を尽くして、この蛮行の背後にいる悪党を捕まえてみせます。そいつに手錠をかけるまで、われわれは一刻の休憩もとらないことをお信じください。申しあげたいのは、サー、あなたがやきもきされる必要はまったくないということです。あの爆弾はじつに粗雑なつくりでした。盛大に爆発したのはたしかですが、硫黄が通常より多めに配合された単純な黒色火薬でした。その意味をおわかりいただくために付け加えるならば、火より煙のほうが多く出る爆弾だったということです」

アーサーはひとに決闘を挑んだことは一度もなかったが、この瞬間、その伝統はおおいに理屈に適ったものなのだと理解した。それをするか、いますぐこの男をぶん殴るかしたいところだったが、どちらもあまり紳士的とは思えなかった。

アーサーは自分を落ち着かせるべく、ゆっくりと話しだした。

「で、添付されていた手紙については？　このことをどう解釈されます？」

アーサーはミラー警部補のデスクから封筒を取りあげ、相手の顔の前で中国の団扇《うちわ》のようにふってみせた。あの日、急いで開封したせいで、右上のところが裂けていた。なかにあったのは実際には手紙ではなく、二週間ほど前の《タイムズ》の記事を切り抜いたものにすぎなかった。ロンドンのイーストエンドで起こった殺人事件の短い記事。見出しは〝ステップニーで残忍な殺人事件〟となっていた。〝花嫁が自室のバスで死体となって発見された〟という記事だ。若い女がサーモン・ストリートにある宿屋の自室のバスタブで溺死していたことが報じられていた。死体のそばに安もののウェディングドレスが置かれていたが、女の身元や、その夫と目される相手の身元に関する情報はつかめていなかった——ただ、その若い女の体には奇妙なタトゥーがあった。三つの頭部を持つ黒い鳥。イーストエンドで身元不詳の女性の死体が発見されるのは、近ごろはそう珍しいことではないので、この事件もそれほど関心を呼びはしないだろう。事実、死体が発見された地区の現状とタトゥーの存在から、ヤードは早々に、女は売春婦であろうと見なし、この事件も社会にかけられた〝大いなる呪い〟の実例のひとつであるとしてかたづけていた。

「想像しがたいことではありますが、だれかがいささかねじくれたお楽しみをあなたに仕掛けているのでしょう」とミラー警部補が応じた。「ひとりの商売女の死にあなたのような名士の関心を向けさせようというのは、ひねくれた愚行でしかないと思いますがね」

「この哀れな娼婦を殺した犯人が、じつはわたしの書斎を爆破したのと同じやつであったとしたら？」

「申しあげたように、ドクター・ドイル、捜査は順調に進められております。状況が掌握されていることは請けあいますので、ご安心を。しかも、われわれはこの事案に最高の人員を投入しているのですよ」

ミラー警部補が上着の裾をつまんで、しゃんと身をのばしたので、二、三インチばかり背がのびたように見えた。その動作を見たアーサーは、この男は青二才なのだという思いをさらに強めただけだった。警部補のぱりっとしたダークスーツは平均サイズに見えるのだが、その栄養不良気味の体には大きすぎた。暗黒社会の害悪から社会を守ることを付託された正義の兵士というより、父親の服を着て遊んでいる子どものように見える。もしミラーがヤードのかかえる最高の捜査官だとしたら、正義の光が暗黒街の犯罪を浮かびあがらせることはけっしてないだろう、とアーサーは思った。

「さしつかえなければ、ひとつお願いがございまして」ミラー警部補がつづけた。「あなたがここにいらっしゃり、わたしはこの事案の捜査を全面的に担っておりますので……」

書類の下から、黄ばんだ古い雑誌をひっぱりだし、アーサーがよく見えるように置いた。

「つまりその、わたしの部下たちは、目の前にあなたがおいでになったのに、サインのひとつもお願いしなかったとなれば、ただちにこのひげをひっこ抜きにかかるだろうというわけで」

それは《ストランド・マガジン》の一八九三年十二月号だった。呼びものは「最後の事件」。アーサーがこのホームズ・シリーズの最後の作品をわが目で見るのは、久方ぶりのことだった。多種多様な感覚が湧きあがってくる。最初に感じたのは、苦労して名声を勝ちえたことから来る、背すじがまっすぐにのびるほど誇らしい気持ちだった。だが、その名声が自分をスコットランドヤードに足を運ばせる原因となったので、そんな気持ちはすぐに消え失せて、猜疑心といらだちが生じ、アーサーは口ひげが鼻の頭をくすぐりそうなほど強く顔をしかめた。よりによってこんなときにホームズとは、ばかさ加減の極みではないか？　自分がどこに行っても、ブラムの手になる死んでも死なないやつ——不気味な吸血鬼——が追いかけてきて、そいつのすべてお見通しの凶眼がどこへも逃れさせないようにしているようだ。アーサーの激怒に火をつけたのは、警部補ではなかった。ホームズだった。

　アーサーはデスクから雑誌を取りあげて、自分の顔の前に掲げた。

「それと、あのう、妙なふうに受けとらないでいただきたいのですが、できれば、〝エディーへ、ひとりの探偵からもうひとりの探偵へ〟と書いていただけるとありがたいです。あつかましいにもほどがあるとお考えにならなければのことですが。そして、そのあと、〝シャーロック・ホームズ〟とサインしていただけますでしょうか？」

　完全に堪忍袋の緒が切れた。雑誌をデスクにたたきつけ、馬が棹立つような勢いで立ちあがる。ミラー警部補を見おろして、アーサーは言った。

「警部補、きみに警察が対処すべき事件に本気で取り組むつもりがないようなら、わたし自身が捜査にあたるしかないだろう」警部補がなにも言いかえせずにいるうちに、アーサーは封筒をつかみあげ、意気揚々と上着のポケットに押しこんだ。「わたしが演繹推理をおこなって、無力な若い花嫁を殺し、わたしを殺すたくらみに成功しかけた男の正体を突きとめよう。それをするのにきみの助けは無用だ。では、これにて」

　アーサーはきびすを返し、のしのしと戸口へ歩いた。

「ドクター・ドイル」警部補が、アーサーの行動は冗談であってくれと願いながら話しだした。「この死んだ若い女のことは、なにひとつわかっていないのです。所持品はなく、指輪などの装飾品もなかった。その安宿の亭主である男の話によれば――ちょっとお待ちを。ここのどこかに用意しておりましてね。そのファイルをあなたにお見せしようかとも思っていたんです」

ミラー警部補はデスクの上の書類をひっかきまわし、ようやく探していたものをつかみあげた。

「その男の話によれば、女は前夜、長身のひどく痩せた男といっしょにやってきたとのことで。その男はひとことも口をきかなかった。女がすぐ、その夜の宿賃にあたる三ペンスを支払った。女の告げた名はモーガン・ネメイン。調べたところでは、偽名であることはほぼ確実です。その部屋には、女に関しても男に関しても、名を判明できる材料はなにもなかった。よごれたウェディングドレスがあっただけで。どこで仕立てられたものかは不明です。そして、例の奇妙なタトゥー、三つ頭の鳥というのは、わたしの考えでは、客のだれかに彫らせたものにちがいありません。どういう商売の客かはおわかりでしょう。真新しいタトゥーではまずないとのことなので、しばらく前に彫らせたということになります。部下のひとりに、それの絵を描かせておきました」

警部補が白い紙片を掲げてみせた。それに、死んだ若い女のタトゥーが模写されていた。アーサーは最初、そこに見てとれるのは大きな黒い斑点でしかないと思ったが、よく見ると、その黒い斑点は、首から三つの頭部が突きだした真っ黒な鳥を雑に描いたものらしいとわかってきた。頭部のひとつは左、ひとつは右、ひとつは前を向いている。アーサーは以前に雑誌の写真で見た、アメリカ先住民が激烈な筆致で肌に描いた絵を思い起こした。

「加うるに」ミラー警部補がつづけた。「聞くところでは、あなたはまもなく王国の騎士に叙せられてしかるべきだと噂されているようです。こんな醜悪な事柄に本気でみずから首をつっこむおつもりでしょうか？　それに、イーストエンドの安宿でひとを溺死させるようなことをしたやつが、あなたのようなまっとうな紳士を爆弾でふっとばそうとするなどと、本心からお考えなのでしょうか？　そうやって、そいつの犯行であることをみんなに知らしめようと？　どうか分別をお持ちください」

アーサーは、ドアノブに手をかけた状態で立ちどまった。警部補の言い分には一理ある。実際、あのたくらみはひどく陰険だった。解決ははるか先のことになるだろうし、そこに至るまでの道筋は自分にはさっぱり見えていないのだ。

「これは、ほかでもないシャーロック・ホームズに委ねるべき事件です」笑みを浮かべて、ミラー警部補が言った。

アーサーは、また決闘を挑みたい気分になった。実際、この日は闘うことになるだろう。だが、その相手は、このばかな警部補ではない。

「いや」とアーサーは応じた。「シャーロック・ホームズごときに委ねるべき事件ではない。その創造者に任せるべきだ」

そう言うと、アーサーは決然と部屋を出て、ばたんとドアを閉じ、あとには、自分は大変な騒動を引き起こしてしまったのだろうかと考えこむミラー警部補がひとり取り残されることになった。

12　ある提案

「ぼくの調査料は固定制でして。全額免除するときを除き、変更はしません」
――サー・アーサー・コナン・ドイル「ソア・ブリッジ」

二〇一〇年一月六日（つづき）

「これは謎でもなんでもない」ロン・ローゼンバーグが、主張を強調しようとバー・カウンターを掌でばしっとたたいて言った。

ハロルドはぎくっとした。ロンは興奮すると、筋張った両腕をふりまわすきらいがあるのだ。ロンの腕のふりが大きくなるにつれ、ハロルドは動きの予測できないその肘の一撃への警戒を強めねばならなくなった。

「きみはわたしにこの事件の罪を着せようとしているだろう。わたしがそう言うわけは、きみにもわかっていると思うがね」ロンがつづけた。

「いいですか」ハロルドは言いかえした。「ぼくはべつに、あなたがこの事件、この殺人事件に関わってると言ってるわけじゃないんです」

「シイッ!」ホテルのバーをさっと見渡して、ロンが言った。「声を低めろ。これはきみとわたしの問題なんだ」

ロンの両腕がまたふりまわされ、ハロルドは首をすくめて肘をよけた。ロンはハロルドの好きな〈イレギュラーズ〉会員のひとりではなく、こういうことがあると、ハロルドはその理由を思いだしてしまう。ロンはまだ四十代だが、年齢より老けて見えた。眉をひそめると、しわくちゃの顔になってしまうのだ。しかも毎日、非の打ちどころのない仕立てのスリーピーススーツを着ているせいで、年老いた銀行家のように見える。そうではないのだが。ハロルドには、ロンはロンドンに小さな不動産店を所有しているというあいまいな記憶はあったが、どういう店なのかはよく知らなかった。しかし、ロンがだれの捜査の対象ともなっていないことだけは、はっきりとわかっていた。

数分前、セイラがかかってきた電話に応対するためにバーの外へ出たあと、ロンがハロルドのところへ押しかけてきて、自分は無罪だと主張し始めたのだ。それが分刻みに熱を帯び、さらには会話を中断させないようにとハロルドの肩に身を押しつけ、怒りの声で耳元にささやきかけるまでになった。おかげでハロルドは、うるさい蜂が——ブンブン、ビービーと——耳のそばで飛びまわっているような気分にさせられていた。

「なにをそんなに心配しているんです?」ハロルドは問いかけた。

「きみが死体を発見したとき、彼がいっしょにいたんじゃなかったか？　彼はなんと言ってた？　彼はきみに、わたしのことを話していただろう。嘘はつかないでくれ」

ロンがだれのことを言っているのか、とっさにはわからなかった。

「ジェフリー？　ジェフリー・エンゲルスがなにを言ったかを心配していると？」

ロンがまた、聞き耳を立てている者がいるのではないかとバーを見まわす。シャーロッキアンたちのほとんどは、あいかわらず三つか四つのグループとなってそれぞれのテーブルを囲んでいた。陰謀を練っているような――疑心暗鬼にこそこそと話しあっているような――張りつめた気配が、ハロルドとロンのところまで漂ってくる。

「知ってのとおり、彼とわたしは……上品に論争する間柄だ」ロンが言った。「それはそれでけっこう。なかにはそれほど上品でない者もいる。しかし、彼らにしてもこの種の事柄に関しては礼儀を守るのではないか？　われわれはみな友だちだ。われわれはみな友だちと呼んでもよかろう。彼はこの朝、紹介の辞を述べたとき、すでにケイルの死を知っていた。きみはそう思っているんだろう？」

ハロルドは最後の問いを聞いたとき、ちょっとびっくりしてしまった。

「いいえ」ハロルドは答えた。「思っていません」

「彼がケイルとも論争していたことは知っているんじゃないかね？　まあたしかに、彼らは友愛感をたっぷりと醸しだしてはいたが、あれはへたな芝居だ。ジェフリーは例の日記の情報について、そして彼が講演で話す内容について、しつこく彼に質問をしていたが、ケイルはだんまりを決めこんでいた。ジェフリーがそれを快く思っていなかったことは、断言していい」

「いいですか」ハロルドは言った。「ぼくは、あなたと彼のどちらかがやったとは考えていません。それでいいでしょう？」

ロンが不思議そうな顔をした。いまのハロルドのことばを聞いて、本心から驚いたように見えた。

「ほんとうか？」ロンが言った。「われわれのなかのだれかがやったにちがいないんだが」

ハロルドは、仲間の会員たちの全員とずっと前からの知り合いだったわけではないが、いまはだれもが知り合いだった。そして、本心からそのひとびとを好きになっていた。彼らのなかにいると、自宅にいるようなくつろいだ気分になれる。昨夜の、色褪せたシリング硬貨にまつわるやりとりのときは、自分の居場所をほぼ——ほぼ——見つけだしたように感じたものだ。

そしていま、何十人もの仲間たち、友人と思われるひとびとのなかにあって、彼は孤独になっていた。彼らのだれかが殺人犯なのだ。いや、ひとりとはかぎらないだろう、と推理せざるをえなかった。『オリエント急行の殺人』を読んだやつがやったとすれば。もちろん、彼らはみなあれを読んでいる。ここのひとびとはみな、同じ本を読んできた。だれもが同じ物語を——クリスティーやチャンドラーやハメットなどなどの小説を——既読本リストがノートのページを埋めつくすほど読み、そらんじられるほどよく知っているのだ。彼らのだれが犯人であってもおかしくはないのでは？

この朝としては初めて、ハロルドは怒りを覚えた。アレックス・ケイルの命を奪い、日記を盗んだ犯人に怒りを覚えたが、それだけでなく、犯人が〈ベイカー・ストリート・イレギュラーズ〉を壊滅状態に追いこんだことにも怒りを覚えた。この団体はどうなってしまうのだろう？　この前、ロサンジェルスで開かれたシャーロッキアンの集まりに参加したとき、彼らは午前二時まで居すわって、スコッチを飲み、「孤独な自転車乗り」のなかにひとつある大きなプロットの穴を取りあげて談笑していた。もうだれも、あんなふうにはできないだろう。できるはずがないのでは？

この事態をのりこえることは、だれにもできないだろう。だが、自分にとっては、こういうものが——この団体、このクラブ、このひとびとが——とても大きな意味を持っている。だれかのせいで、また自分が孤独な人生に舞い戻らされることになってはたまらない。

ハロルドは、募る怒りのなかに自己愛が紛れこんでくるのを感じた。

「ジェフリーはなぜ、この朝あんなスピーチをしたんでしょう？」ハロルドは言った。さまざまな思いがめまぐるしく駆けめぐっていた。

ロンが笑みを浮かべる。

「それは秀逸な問いかけだね」ロンが言った。「なぜ彼は、ケイルがそこに来たことがわかるまで、さしひかえようとしなかったのか？　彼がなにを言いだすかはとうにわかっている満場のひとびとに向かって、まもなく始められる演目について述べ始めたのはなぜなのか？」

「ジェフリーは、部屋にいるみんなに、彼はまだアレックス・ケイルの死を知らなかったからそうしたんだと思わせようとしていたような」

「ハロルド、わたしの考えている方向に近づいてきてくれて、うれしく思うよ」

そのことばを聞いて、ハロルドはちょっと思案せずにはいられなくなった。ロンの考えている方向に近づく？　いや、これは吉兆ではない。もしその線を追うとしたら――この自分がその線を追うとしたら――慎重に、合理的にやるようにしなくてはならないだろう。安易に、感情的な満足を得るために、妄想的な仮説を立ててはならない。

「思うに、われわれがなすべきなのは――」ロンがことばの途中で口をつぐんだ。ハロルドの肩ごしに向こうを見ていた。

背後から、だれかの手がハロルドの肩をたたいた。ふりかえると、ハンサムな男の目をのぞきこむことになった。ハロルドより二、三インチ背が低く、十歳ほど年長の男だった。きりっとした黒い眉と、女性的な細い顎をしているせいで、いかめしいようにもかわいいようにも見えた。身なりは、裕福そうなカジュアル・スタイル。プレスしていないカーキパンツに、目の詰んだ黒の襟付きセーターという服装だ。ハロルドはのちに気づくことになるのだが、その明らかに純金製のでかい腕時計は、その男が自分がどういう人間であるかをあつかましく見せびらかすための道具のひとつだった。

「きみがハロルド・ホワイト？」穏やかな声で男が話しかけた。

「ええ」ハロルドは答えた。

「あとの話はおふたりでどうぞ」とロンが言って、こそこそと立ち去った。

なぜロンは逃げだしたのか？　この男はだれなのか？

ハロルドがハンサムな男の肩ごしに向こうへ目をやると、セイラがドアの戸口にいるのが見えた。こちらをながめている。

「場所を移して、ちょっとおしゃべりをしないか？」男が言った。「わたしの名はセバスチャン」右手をのばしてハロルドの手を握り、左手を握手の上に重ねて、しっかりと包みこんだ。「セバスチャン・コナン・ドイルだ」

アーサー・コナン・ドイルの曾孫が、ハロルドのホテル・ルームに敷かれた柔らかいクリーム色の絨毯の上を行きつ戻りつしていた。両手を背後で組んで、左右の肩甲骨を寄せあわせたあと、胸の前でしっかりと腕を組む。そのふたつの姿勢を代わる代わるしながら、彼は話していた。

「いいかい、ケイルとわたしが争っていたことは秘密でもなんでもない。われわれはあの日記の件で何年もおおっぴらに論争していたから、争っていなかったふりをする意味はないんだ。彼はあの日記は公共財産だという誤った信念を持っていたので、それを発見したら、どこかの大学か博物館に寄贈してもいいと考えていた。しかし、きみは理解してくれるはずだが、あの日記がほんとうはわたしに属すべきものであることは明らかだ。あれはわたしの曾祖父が書いたものだ。わたしの財産だ。わたしはケイルと話をして、分別を持たせるため、最後にもう一度、この事実を彼に説明するために、ニューヨークに来たんだ」

セバスチャン・コナン・ドイルは、ハロルドに同意を求めているように見えた。ハロルドは背もたれの硬い木のデスクチェアにまっすぐにすわり、注意深く話に耳をかたむけていた。その点について彼と論争しようとは思わなかったが、黙って聞き流す気分にもなれなかった。

「あなたの立場は理解していますよ、ミスター・コナン・ドイル。それに、いいですか、ぼくは弁護士ではありません。相続法の細かな点はなにも知らないんです。ですが、例の日記が過去八十年間にわたって、あなたの家系の所有物だったようには思えません。問題はひとえに、アレックスがどこでそれを発見したかに懸かっているでしょう。そして、いま現在、それがどこにあるのかはだれにもわからないんです。その件に関するあなたの主張は、そんなにあっさりと受けいれられるものとは思えませんね。言えるのはそれだけです」

セバスチャンがため息をついて、首をふる。ベッドの端に黙って腰かけているセイラのほうを、ふりかえった。彼女は後ろに両手をついて、もたれこむような格好ですわり、ごくかすかに両脚を宙に浮かせて動かしていた。彼女がセバスチャンに笑みを返したが、顔の向きはほとんど変えず、どっちつかずの表情をしてみせただけだった。

「それは的を射ている」ハロルドのほうに向きなおって、セバスチャンが言った。「きみは弁護士じゃないというのは」

セバスチャンだってそうだろう、とハロルドは思った。とはいうものの、この男が産まれてからこれまでのあいだに、どうやってかなりの富を手に入れたのかについては、さっぱり見当がつかなかったが。知っているのは、セバスチャンは故ヘンリー・コナン・ドイルの長男であること、そして妹がひとりと、おばがひとり、存命するコナン・ドイル家のいとこが四人いるということ、その発言が曾祖父の地所に関わる権利問題で他のだれよりもひときわ大きく聞こえていたということだけだ。その家系は、ホームズとワトソンにまつわる著作権や、その権利が毎年彼らにもたらしてきた富をめぐって、途方もない骨肉の争いを長年にわたってくりひろげてきた。ハロルドの理解するところでは、コナン・ドイルの血を引く一族の現状はしあわせなものではないのだ。セバスチャンのおばであるレディー・ハリエット・コナン・ドイルは長年、大学や公共団体に寄付をしてきたが、彼女とセバスチャンの間柄は良好ではなかった。ハリエットもそのほかの子孫たちも、日記の問題にはこれまで距離をおいていたというのに、くだんの発見を知らせるアレックス・ケイルの最初のEメールが発信されたわずか数日後、セバスチャンとその弁護士たちが首をつっこんできたのだった。

「いずれ時が来れば、法廷が適切な裁定をおこなってくれるだろう」セバスチャンがつづけた。「わたしがケイルを訴えたことは、きみも知っているね。そして、いま日記を所有しているやつがそれをどこかへ寄贈しようとしたら、わたしはそのろくでなし野郎も訴えるだろう。しかし……」そこまで言うと、セバスチャンは部屋の真ん中で、第二次世界大戦を描いた映画に出てくるドイツ軍将校のように、カチンと踵を打ちあわせて立ちどまった。「……いまの問題は、なにはさておき、そいつを発見することだ」

「警察はまだ、ケイルのホテル・ルームからなにが持ち去られたかを解明していないんですか？」セイラが問いかけた。

「いや。彼を殺したやつは、日記も盗んでいった。少なくともそれぐらいのことは警察から聞きだせた。加えて、ホテルのカード・キー記録の基本的情報と、彼らがホテル従業員におこなった二、三の事情聴取もね」

「カード・キー記録から判明したことはありますか？」ハロルドは尋ねた。

「昨夜、アレックス・ケイルの部屋に入った人間は三人だと判明した。これがそうだ」セバスチャンはポケットから折りたたんだ紙片を取りだし、ハロルドに手渡した。

これはいったいどういうことか？　なぜセバスチャン・コナン・ドイルは、殺人事件に関する警察の記録をこちらに手渡したのか？　ハロルドは胸の内で考えながら、紙片を見おろした。

折りたたまれていたその紙は、ホテルの警備部門でプリントアウトされたもののコピーだった。それに、アレックスのカード・キーを用いて一一七号室のドアが開かれ、閉じられた記録のすべてがリストされていた。

「ケイルが最初に自分のカードを使って入室したのは、チェックイン後の午前零時四十六分」セバスチャンが言った。「そのあと、ほかに三名の人間が、午前三時五十一分、午前四時五分、そして午前五時十分に入室している」

「なんと！　そのドアを開くのに、だれのカード・キーが使われたんでしょう？」

「そこが問題でね。だれのでもない。そのつど、ドアは内側から開かれ、閉じられていたんだ」

「つまり、だれかがノックし、彼がなかに入れた？　そんな真夜中に、三度にわたって？」

「そのように見える」とセバスチャン。「あるいは、だれかが入って、出ていき、またそのだれかが入って、出ていったか。三度のドアの開閉に関しては、入って出ていったのが同一人物なのかそうでないのかは、なんとも言えないということだ」

「死亡時刻の推定は？」

「朝の四時から八時までのあいだ。犯人が単独であれ複数であれ、ここの宿泊客はだれでも彼を殺すことができただろう」

「カメラはどうなんです？　廊下に設置されているのでは？」セイラが問いかけた。

「ないと言ったほうがいいね。ロビーにはいくつかあるが、それらはどれも玄関ドアとフロントのほうに向けられている」

「で、玄関ドアから入ってきた人間は？」ハロルドは言った。

「やたらと多い。ハロルド、これは二百室もあるホテルなんだ。一月五日は、その三分の二ほどが埋まっていた」

「アレックスが最初の訪問者を受けいれた時刻の直前にホテルに入ってきた人間は？　三時四十分か四十五分ごろってことになるでしょうか？」

「いい質問だ！　きみに助力を求めに来て、ほんとうによかった」セバスチャンの見え透いたお世辞を聞いても、ハロルドはうろたえたりはしなかった。この事件の詳細を考えることで頭がいっぱいだったからだ。「いない。よそから来ているビジネスマンがストリップクラブから戻ってきた時刻、三時二十分から、前の街路の先にあるウォッカラウンジからシャーロッキアンのだれかが——日本人たちのひとりだが、名前は忘れた——千鳥足で戻ってきた時刻、四時三十分までのあいだ、ホテルに入ってきた人間はひとりもいないんだ」

「じゃあ、アレックスを殺したやつは、昨夜はずっとホテルのなかにいたってこと？」興奮した声でセイラが言った。

「しかり」とセバスチャン。

「あるいは」ハロルドは急いで口をはさんだ。「殺人犯はもっと早い時刻、出入りが多くて身元を確認されるおそれのない多忙な時間帯に、ホテルに入って、待機していたとか」

「それはありうるシナリオだろうね。興味深い」セバスチャンが考えこむように首をさすった。「ひとつ、きみに明白に言っておきたいことがあるんだ、ハロルド。だれかがわたしの財産を盗んだ。わたしはそれを取りもどしたい。そして、そのためであればかなりの大金を投入してもいいと思っている。意味はわかるね？」

「もちろん」とハロルドは応じ、セバスチャンの視線を受けとめた。目を合わせている時間が長くなったとき、ハロルドは、無言の問いかけに答えを出していないことに気がついた。「そのことで、ぼくになにかしてほしいということですか？」

セバスチャンが顔をしかめる。周囲に自分の考えを説明する必要性を感じることがあまりない男であるらしく、いまそれを強いられたことで機嫌を損ねたように見えた。

「彼に話したの」セイラが言った。ハロルドは、セバスチャンにではなく、自分に言ったのだと気がついて、彼女に目を向けた。「セバスチャンに、あなたが計画していることを話したの。あなたが事件を解決するつもりでいることを。そのつもりなんじゃなかった？」

「ああ」警戒しながらハロルドは言った。

「けっこう」セバスチャンはさらりと言ってのけた。「では、わたしはきみがそれをするための助力をたっぷりとしよう。例の日記を発見してほしい。もしきみが殺人犯も見つけだしてくれたら、すばらしい。いや、すばらしいなんてことはどうでもいい。とにかく、例の日記を見つけだし、わたしに、正当な所有者のもとに戻してくれ。謝礼はたっぷりとはずむよ」

ハロルドはセバスチャンが本気で言っているのかどうかをたしかめようと、セイラに目をやった。ちょっと口をゆがめた彼女の笑みは、これまでと同じく胸の内をなにも語っていなかった。そもそも、彼女はどうやってセバスチャンと知りあったのか？

「なぜぼくに？」ハロルドは、辛辣になりそうな問いは省略し、それほど刺々《とげとげ》しくなさそうな問いを投げかけた。

「じつを言うと、これはセイラのアイデアでね。彼女はこの何ヵ月か、記事を書くためにわたしにインタビューをしてきたんだ。わたしはその間、街の向こう側にあるホテルに滞在していた。事件が起こったことを耳にするなり、わたしは彼女に電話を入れた。セイラは、きみがこの朝、ケイルの部屋でやったことを語ってくれた。わたしは感銘を受けた。率直に言わせてもらうが——わたしはきみの仲間たちのだれかがやったと考えている。幻想に取り憑かれている浅薄なお仲間たちのだれかがケイルを殺し、わたしの日記を盗んだのだと。おそらくは、なにか妄想的で、不可解で、無意味な動機によって。おおかた、そのねじくれた愚か者はいまこのとき、うすよごれたガネーシャ像を賛美するような調子で祈りをささげるために、それを祭る聖堂を建設しようとしているところだろう。日記を取りかえすために、わたしが必要とする人間は——はて、どう言ったものか？——そいつと同じくらい熱意のある人間だ。壁に血で記されていた〝初歩だよ〟の意味は？　さあ、どうだ。それは、病んだシャーロッキアンが別の病んだシャーロッキアンに解かせるためにあとに残したメッセージだ。いや、もちろん、悪気で言ったのではないよ」

「そのように受けとってはいませんよ」ハロルドは本心からそう応じた。セバスチャンが足を踏みだし、ハロルドの前に立って、まっすぐに目をのぞきこむ。

「わたしはある種のことにアクセスできる……というか、きみが必要とするものを提供できる。どうすれば助けになれるかを話してくれ」

ハロルドはアレックスの部屋で経験した、発見の快感を思いかえした。ものごとを解明することがもたらす、あのぞくぞくする感覚を。謎を解く快感を。自分が必要とするのはなんだろう、と彼は考えた。

「ぼくの仕事の料金は固定制でして」ハロルドは言った。「全額免除するときを除き、変更はしません」

「なんだって？」

「引用です。ホームズ・シリーズのひとつ、『ソア・ブリッジ』からの」

セバスチャンとセイラが、ぽかんとした顔でハロルドを見つめる。

「ぼくはこの仕事をやりますし」ハロルドは説明した。「あなたに料金を請求するつもりはありません。ただ、必要なものが二、三あります」

「おおいにけっこう」とセバスチャン。

「警察の報告書のコピーが必要です。検死報告書だの、すべての事情聴取記録だの、なんだかんだが」

「承知した」

「それと、ロンドン行きのチケット。ファーストクラスの。ここに居すわって、終日シャーロッキアンたちと面談をするという手もあるでしょうが、それではなにも出てこないでしょう。彼らはとても頭の回転が速いので、その手は使えません。この殺人事件の鍵は例の日記だと思います。日記がどこにあるかを突きとめるには、それがどこから出てきたかを突きとめる必要があります。どこでアレックスはそれを発見したのか？　どうやって彼は発見したのか？　彼の自宅を見てみる必要があります。その書斎を」

「了承」セバスチャンは肯定の笑みを浮かべた。

「チケットは二枚」セイラが横やりを入れた。男ふたりはその声に驚き、彼女のほうへ顔を向けた。「わたしはあの記事のつづきを書くために、ここに来たの。そしていま、あなたがその記事に入りこんだってわけ」

　ハロルドはこの瞬間まで、自分がセイラ・リンジーを信用しているのかどうか、決めきれずにいた。いまはっきりと、信用していないことがわかった。

「あなたにはワトソンが必要なんじゃない？」彼の不安を感じとって、セイラが言った。

　セバスチャンはというと、このやりとりに加担しているばつの悪さを隠そうとするかのように、自分の靴を見つめていた。ハロルドはいまの提案をじっくりと考えてみたが、セイラの理屈に反駁できる言い分はなにも思いつけなかった。もし自分がシャーロック・ホームズになるとすれば、まさしくワトソンが必要となるだろう。それにしても……。

　セイラがにっこりとハロルドにほほえみかけ、それが最後に残った賢明な警戒心を吹き飛ばした。

「狩りの始まりだ」ハロルドは意気揚々と言って、立ちあがった。

　セイラが、ほくそ笑んでしまった目を隠そうと、一瞬、まぶたを閉じた。

13　白のドレス

わが復讐は始まったばかりだ。わたしはこれから何世紀にもわたって、復讐をくりひろげる。時はわれに味方せり。

――ブラム・ストーカー『吸血鬼ドラキュラ』

一九〇〇年十月二十一日

「わたしがここでやっているのは正確にはどういうことなのか、再吟味したほうがよいのではないか?」ステップニー駅から北へとヨーク・ストリートを歩いている途中、ブラム・ストーカーが問いかけた。街路は混雑してはおらず、ブラックウォール鉄道を走る旅客車はきわめてまれときていたので、この午後のイーストエンドへの遠出は時間の浪費だったことがすでに明らかになっていた。「いいかね、わたしは実物が必要な演目をかかえている。ヘンリーがあすの『ドン・キホーテ』の舞台に生身の馬を使いたがっているから、わたしはなにがなんでもどこかで雌馬を一頭、用立てなくてはいけないのだよ」

「ばかも休み休みにしろ、ブラム」清掃がされていない不潔な歩道を歩きながら、アーサーは言い放った。「ヤードの連中がここを探っても、おのれのよごれた七分丈パンツ《ニッカーズ》を見つけだすこともできないにちがいない」アーサーは自分がいまいる地点を示す標識はないだろうかと目をあげてみたが、むだだった。ステップニー駅から二ブロックを歩いただけなのに、完全に現在位置がわからなくなっていた。「若い女が死に、彼女はどうしても助けを必要としている」

「彼女は死んだんだ。死んだ女が助けを必要としているとしても、きみやわたしがそれを与えられる立場にあるとは思えない。まあ、きみがなにやら、わたしにはよくわからない使命を神に授けられたというのなら、話は別だが」

「正義だ」アーサーは言った。「われわれは彼女のために正義をおこなうんだ」

ブラムは納得したようには見えなかった。

「だれかがわたしのライティング・デスクをふっとばした。そのとき、家には家族がいたんだ。わたしの身の安寧はさておき、きみにしてもわたしの家族のことは気がかりだろう」

ブラムがため息をつく。

「アーサー、わたしはここでなにをすればいいんだい？」

アーサーは立ちどまった。

「きみの助けが必要なんだ」

「おやおや。きみのワトソンになってくれということなのか？」

「なにを言いたいのか、よくわからないね」

「思うに、きみはペンとインクでホームズに生命を吹きこんだのだから、きみ自身が彼になっていてもおかしくはないだろう。つまり、きみはワトソンを必要とし、きみだけが知るなんらかの理由でもって、わたしを選んだというわけだ。なぜバリーではなかったのか？　いや、ショーならもっとよかっただろう？　彼には、ほかになにもすることがないのはたしかだしね」

「たんなる演繹推理さ。探偵気取りを楽しみそうな人間はだれかと言えば、それはたぶんきみだろうと」

「よかろう。きみがそんなふうに演じたいというのなら、よしとしよう。ここはひとつ率直にいこう」ブラムが言った。「ワトソンは軽すぎる。物語を動かす仕掛けとしての役割はろくに果たしていない。ホームズは事件を解決するのに彼の助けを必要としていないどころか、彼は足手まといなお荷物でしかないんだ。問題は読者だろう、アーサー。読者にとって必要なワトソンは、ホームズの思考を永遠に手の届かないところにしておくための媒介者としての役割だ。もしきみがホームズの視点から物語を書いたら、だれもがつねに、あの天才中の天才がなにを考えているかを知ることになるだろう。最初のページで犯人を突きとめてしまうかもしれない。だが、きみがワトソンの視点から物語を書けば、読者はあの間抜けなうすのろとともに暗中模索をつづけていくことができる。ワトソンは滑稽なお飾りにすぎない。道化だ。たしかに、好漢ではあるが。わたしはその役割をやってもいいが、きみがそういう人間を必要としているようにはとても思えないね」

アーサーは、空が青い理由を説明するのはこれが百回めだと言いたげな態度を友に示した。

「いいかね」と彼は切りだした。「わたしは相手がきみだからこそ、ありったけの敬意をはらって説明につとめているんだ。わたしはこの——きみにはよくわかっているはずだが——地区に精通していない。そうだろう？　それに、もちろん、ゴシップ好きでもない。しかし、ここはひとつ腹蔵なく話しあうとしよう。わたしの理解するところでは、きみはときどきこの界隈《ネック・オヴ・ザ・ウッド》を訪れていて、ここの住民たちとそれなりの経験を持っているだろうから、それがわれわれの捜査の役に立ってくれるかもしれないということだ。そうではないか？」

含むところがあるようなアーサーのことばを聞いて、ブラムは機嫌を損ねた。

「それは不当な言い分だ、旧友よ。きみの当てこすりを我慢して、軽く受けとめるわけにはいかない。ある種の女たちがこの地区をわが家と呼んでいること、そして、きみやわたしのような紳士がこのあたりにやってくるとしたら、なにを目当てにしてのことか、そこのところはきみにもよくわかっているだろう。わたしとしては、いまきみが用いた言いまわしは不適切きわまることをわからせておかなくてはいけない」

アーサーはしばし、ブラムの目をまじまじとのぞきこんだ。目をあげて、周囲の建物を見てみたが、デューク・オヴ・ウェリントン葉巻とグローヴァー・ライムジュースの広告看板があっただけで、方角をわからせてくれるものはなにもなかった。彼は目を戻して、自分が書簡用紙にきちんと書き写した住所を見つめ、困惑のていで顔をしかめた。

「心から謝罪する。悪気はなにもなかった。きみがこのうらぶれ果てた地区にお楽しみを求めてやってくるたぐいの男であるかのように言ったつもりは、まったくなかったんだ。それより、えいくそ、わたしはすっかり迷ってしまった。これはサーモン・ストリートなのか？」

「いや」考える間《ま》も置かずブラムが答えた。「サーモンは、このすぐ先を右に折れたところだ。きみは道をそれて——」彼はそこでふと、自分もまちがっていたことに気がついた。

「そうか、ちょっと待ってくれ。わたしもこの一帯はよく知らないんだ」

ブラムもまた道路標識を探して、あたりをぐるりと見まわし、なにも見つからなかったので愕然とした。

「ちょっと失礼、ご婦人？」通りかかった黒いドレスの若い女に、ブラムは問いかけた。

「サーモン・ストリートへはどう行けばよいか、ご存じかね？」

女が立ちどまって、すばやくブラムを上から下まで見まわし、艶然とほほえむ。にこっと笑うと、その頬がドレスの銅製ボタンよりまばゆく輝いた。

「知ってるわ、旦那さん」彼女が言った。「ヘアリーフォードシャー（娼館を意味するヴィクトリア朝時代のスラングで、ヘレフォードシャーの語呂合わせ）へ行く道筋をお探しなんでしょ？」

アーサーは女がなにを言っているのか理解できず、きわめつきに困惑した顔になった。

「まことに申しわけないが、ご婦人、それは勘ちがいだ」急いでブラムが言った。「われわれはサーモン・ストリートを探している。あれがその街路なんだろうか？」

彼は、先ほど自分が示唆した方角を指さした。

こんどは若い女が困惑顔をした。

「ええ、そうよ」彼女が言った。「すぐそこの交差点を右へ」

「ご親切、ほんとうにありがとう」とブラムが言い、向きを変えて、その方向へ歩きだした。

「でも、まっとうなふたりの紳士がお出かけの場所をお探しなら」若い女が言った。「もっと楽しめるところへ行くほうがいいと思うんだけど。おひとり三ペンスの料金ですむんだから」

アーサーはようやく、彼女が言わんとしていることを理解したが、女のぶしつけさは彼にとって衝撃的だった。

「ご機嫌よう、ご婦人」アーサーはそれだけ言うと、女とブラムが指示した方向へ歩み去った。ブラムが小走りにあとを追い、その途中、困惑している若い女のほうをふりかえって、不作法でにべもない連れのことを詫びるような顔を向けた。女が肩をすくめ、さっき向かっていた方角へまた歩きだした。

数分後、アーサーは住所に該当する建物を見つけだし、その小さなドアをノックした。ブラムがしぶしぶそのかたわらに立って、落ち着かなげに足を踏み換えた。

アーサーがもう一度、こんどはこぶしを握り、その小指の側でドアをノックした。その端の部分の塗装が剝がれ、ドアがギイと開いて、ずんぐりした怒り顔の男が姿を現わす。

「で、あんたらはいったい何者なんだ？」男がわめいた。

半ズボン《ブリーチーズ》を穿き、作業シャツの上に、色褪せた灰色のヴェストをボタンを留めずに羽織っている。髪の毛は後ろへ撫でつけられ、生え際が眉からかなり後退して、後頭部までつるつるになりかけていた。

「どうも、ご亭主。われわれは、二週間前、あなたの宿屋で殺害された若い女性の事件を捜査するために参りました」

「あんたらは〝ボビー〟のようには見えんが」男が言った。

「ええ、そうではないです。われわれは――」

男がアーサーの顔の前でバタンとドアを閉じ、アーサーは呆然となった。

「ご亭主！」いっときの間を置いて、アーサーはなかへ叫びかけた。「ご亭主、もう一度ドアを開けてもらえませんか。そう長い時間を拝借することにはならないとお約束しましょう。ここの客室をちょっと見せていただきたいだけなんです。できれば、犯罪現場を見たいと思いまして。われわれは――」

「この男はアーサー・コナン・ドイルだ！」反応のないドアに向かって、ブラムが叫んだ。

アーサーはその声を聞いてぎょっとし、友のほうをふりかえった。

「それが功を奏するかどうか怪しいもんだ」アーサーは言った。

が、彼がことばをつづける前に、ドアがなかば開き、あの怒れる男が街路のほうへ顔を突きだしてきた。

「あんたがアーサー・コナン・ドイル？」男がブラムに問いかけた。

「いや」とブラムは応じた。「わたしは――えー、だれでもない。こちらが――」とアーサーのほうへ腕をふる。「こちらがアーサー・コナン・ドイルだ」

男がアーサーをじっくりとながめる。

「そうか」ながめ終えたところで、男は言った。「あんたはそのように見える。ちょっと前、新聞であんたの写真を見たんだ。ライティング・デスクの前にすわり、ペンを持って、用紙のほうへ身をのりだしてた。無精な変人みたいに見えたぞ」

アーサーは目前の仕事に集中すべく、精いっぱいの努力で不快感を押し隠した。

「ご亭主、なかに入って、あの若い女が宿泊した部屋を拝見させてもらってよろしいか？」アーサーは言った。

男がさらにまたドアをちょっと開く。

「あんたのようなご立派な紳士なら、いいんじゃなかろうか」男が言った。向きを変えて、後ろ手にドアを大きく開き、あとにつづけと、アーサーとブラムに無言で示した。

ふたりはあとにつづき、突きだしている戸枠につまずかないように注意して、それをまたいだ。入ったところは狭い炊事場で、奥に置かれている調理コンロの熱がかすかに伝わってきた。

「新しい小説を執筆中かい？」男がふたりの客を案内して炊事場を通りぬけ、裏手の階段のほうへ向かいながら、問いかけた。

「ああ」とアーサーは応じた。「ああいう作品なら気に入ってもらえるんじゃないかね」

男が興奮して顔を輝かせる。

「じゃあ、またあれを書いてるところ？　彼を生きかえらせる？」

「だれを？」

「シャーロック・ホームズ！」男が階段をのぼりきったところでふりかえり、下にいるアーサーを見おろして、叫んだ。上階の窓から射しこむ光が男の体を後光のように包んでいた。「おれに言わせりゃ、ころあいだね。彼はいつも有能で、なんというか、働いている最中の男をまる一日とりこにしちまう酒みたいなやつだ。おれは家族のだれかを失ったみたいに、彼を恋しく思ってるんだ」男はひとりで笑いだした。「言っちゃなんだが、自分の家族よりずっとだぞ」

沈黙が降りたなか、ブラムがアーサーにつづいて二階にあがった。ふたりの耳に物音が――こもってはいるが、間近から――届いてきた。並んでいる、ドアが閉じた客室のどれかのなかからだ。

「ふだん、ここに宿泊している人数はどれくらい？」アーサーはなんとか話題を変えようと、そう問いかけた。

「それは、ときによりけりさ」男が言った。「毎晩決まってここの枕に頭をのせる客の数は十人かそこら、あと、ときどきふらりと立ち寄って泊まる客が五人ほど。意外に思うだろうが、迷惑なことをする客は常連のほうが多くてな。そいつらは、宿賃の払いが一日遅れても、おれは気づかないか、ひと晩ぐらいは大目に見てくれると考えるんだ。おれがはねつけると、そいつらはひどく腹を立てる。だけど、たまにやってくる客は、前払いをしなきゃならんことをよおくわかってる。一泊三ペンスだから、値切ろうとするユダヤ人はひとりもいないさ」

「死んだ女はどちらのほうだったのかね？」アーサーは尋ねた。

「じつは、どっちでもなかった」男が言った。「来たのはあの夜だけでね。紳士のように思える男といっしょだったが、おれはその男をそれほどよく見たわけじゃない」

「よく見なかったのはなぜ?」

「女が先に入ってきて、夫といっしょにひと晩泊まれる部屋はあるかと訊いたんだ。〝夫〟と言ったんだぜ! もしおれが、ああいう〝夫〟が客室のなかで〝きたねえしろもの〟をぶちまけるたんびに、追加の一ペンスを要求したら――」

「――しかし、その男の顔は見なかった?」途中でさえぎって、アーサーは問いかけた。その男の職業を暗示する手がかりをつかめるものなら、それがどんな些細なことでも知りたいと思ったのだ。

「見なかった。いま言ったように、女が先に入ってきたんだ。あのかわいい白のドレスを着て、ポケットに硬貨をぎっしり詰めこんでね。彼女が夫のことを言いだした。舞いあがってる感じで、頬をほてらせ、ずっと早口でしゃべってた。イースターのときのおれの娘みたいなもんさ。そういうとき、娘はママとパパが新鮮な甘いオレンジを用意してくれてるもんと思って、階段をおりてくる。あの女も満面の笑みだったな。名前はモーガン・ネメインだと言って、ここの宿帳にそう書き――」

「その宿帳を見せてもらってもいいかね」アーサーはまた男をさえぎった。

「いいとも。あんたらが出ていくときに、下の帳場から取ってこよう」男が言った。

「話を進めてくれるか」

「おれは女を客室に案内した」男がつづけた。「女が、紳士がいっしょにいるのは少しのあいだだと言った。おれは自分の用事をしなきゃいけない。で、二、三分後にはハッティー・スタークの部屋に入り、まだ下働きの女が洗濯仕事に取りかかれずにいるのはよくないから、その理由を彼女に説明しようとした。彼女は不平を鳴らし、自分も洗濯をする必要があると言いかえしたので、おれはこう説明した。彼女が朝の十時までにそれをすませていないと、下働きの女は翌日まで洗濯ができないからなんだと」

アーサーは、施錠された小さな客室が並んでいる廊下の先へ目をやった。問題の客室は、突き当たりにあった。

「ハッティーが相手だといつもそうなっちまうんだが、おれたちは口げんかを始めた。そのとき、表のドアをノックする音と、入れてくれと呼びかける声が聞こえた。最初は、正直言って、あれは女の声だと思った。えらく甲高い声だったからさ。ところが、あの〝花嫁〟、彼女が、あれは夫だと言って、なかに入れた。

彼女は善良な女に見えたから、おれは彼女がそうするに任せたんだ。すると、彼女の声と上品な笑い声が階段をあがっていくのが聞こえてきた。おれがハッティーの部屋から顔を突きだして、ほんとうにふたりだけなのかと――三人以上になったら、部屋の追加料金をちょうだいすることになるんで――確認すると、彼女が背の高い男をあの客室に連れこむのが見えた。見えたのは後ろ姿だけ。黒の夜会服にシルクハット。良家の人間のような歩きかた。そのあと、おれはまたハッティーのほうに向きなおり、あいつのがみがみを聞くはめになった。ヤードの刑事たちにも、だいたいこれと同じ話をしたよ」

アーサーとブラムは男のあとにつづいて、ごたごたした客室に入った。右側の隅に、低いベッドがきちんと整頓された状態で置かれていた。ベッドサイド・テーブルの上に、水のピッチャーがひとつ。昔は白く輝いていたのであろう、うすよごれたバスタブが、左側の隅にあった。

どこにも血の痕はなかった。つい二週間前に発生した、おぞましい殺人事件を彷彿させるものはなにも見当たらない。それでもなお、そこで起こったできごとを、そして自分の行く手に立ちふさがる巨大な謎を考えつつそこに立つと、アーサーは身震いを抑えることができなかった。はるかかなた、トランスヴァールの戦場であがる爆発の音のように、遠い死の声が部屋の空気にこだましているように感じられた。

「どんな小説を書いてるんです？」男が、殺人の現場を観察しているアーサーとブラムに問いかけた。

「どんな小説？」

「さっき書いてるとおっしゃったやつですよ！　またホームズが泥棒を追うやつ？　それとも殺人事件の話？　おれの意見を言わせてもらえば、殺人事件が最高だね」

「内容は明かせないよ」アーサーは言った。「明かしたら、驚きがだいなしになってしまうだろう」

男が笑って、自分の腿をぴしゃっとやった。ひとりで勝手に楽しんでいるようだ。

「あんたの小説を読んでるとき、おれがやりたくなることはなんだと思います？」男が問いかけた。「おれは物語の結末を想像してみるのが好きでね。だれが犯人なのか、ミスター・ホームズより先に解明するのが」

「それで、きみはそれをやってのけると？」ブラムが話し相手になって、問いかけた。

「シャーロック・ホームズを出しぬくことができるのかね？」

「まだ出しぬけたことがないな」安宿の亭主は言った。「けど、ひとついいアイデアがあるんだ。彼を生きかえらせるための」

「ほう、それはどんなものかね？」

「べつに魔法みたいなもんは必要ない」と安宿の亭主。「そもそもミスター・ホームズは死んじゃいなかったってのはどうだい？　彼は断崖からライヘンバッハの滝壺へ落下せず――そんなふうに見せかけたんだってのは？　モリアーティをたぶらかすためにとか？　そのあと、彼はずっと身を隠し、世界中でいろんな冒険をしてきた。あんたは彼を本拠のロンドンへ凱旋帰国させる。そんなふうにすりゃいいんじゃないか。だれも、ホームズが死んだなんてことは考えたくないんだ。胃のぐあいが悪くなっちまうからな」

「そうなのか？」ブラムが男のまとまりのない話をおもしろがって、問いかけた。

「ほんとうさ。あんたは書くことに慣れきっちまってるせいで、自分の読者がどう感じるかを考えなくなってるんだろう。おれたちはみんな、ホームズに死んでほしくないと思ってるんだ。死ぬときの戦いがどんなに華々しくてもね。みんな、ミスター・ホームズは永遠に生きていてほしいと思ってるんだ」

「いまの話をどう受けとめる、アーサー？」ブラムが友をつつきだした。「墓石をどけて、神授の天才シャーロック・ホームズを復活させるというのはどうだ？」

「この宿の客室にはすべてバスがついているのかね？」アーサーは安宿の亭主に問いかけた。「立派な付随設備であるように思えるが」

「いやいや、ここだけさ」男が言った。「ずっと昔、この建物が建てられたとき、ここは化粧室だったんだ。いまおれは、ここを特別な客室として使ってる。階級の高いお客のためにね。意味はわかるだろう」

アーサーはバスタブのところへ歩き、そのなめらかな縁を人差し指で撫でた。雪の日の窓ガラスのように、冷たく感じられた。

「ここで死体が発見されたのだね？」アーサーは言った。

「死体を発見したのは、ほかでもないこのおれさ。彼女は赤んぼうのように丸裸で、タブの真ん中に寝そべってた。首が青と紫色になり、顔から両目が突きだしてた。だれかがあの細い喉頸《のどくび》をがっちりつかみ、目ん玉が飛びだしちまうまで絞めあげたような感じだった。

ベッドの上にドレスが、だれかに着させるためみたいにひろげて置いてあった」

「タトゥーには気がついたかね？　脚に彫られていただろう？　三つの頭を持つ黒い鳥のような形状のタトゥーだが？」

「ああ、見たよ、旦那」

「以前にそんなシンボルを目にしたことは？　波止場からやってきたごろつきかだれかの体に見たことがあるとか？」

「いやいや、見たことがあるとは言えないな。なんにせよ、あれは妙なかたちだった。片脚の、足首のすぐ上のところだった」

「ほかになにか、この部屋のなかで発見されたものは？　あの気の毒な女の身元を示唆するようなものはなかったかね？」

「これっぽっちも。かわいい白のドレスと、丸裸の売春婦《モリー》の死体があっただけだ」

アーサーとブラムはさらに二、三分、女の身元につながる手がかりを求めて、男の記憶を掘り起こしてみたが、収穫はなにもなかった。そこでアーサーはブラムに頼んで、四つん這いになって床を検分させることにした。ブラムは不承不承、それに応じたが、調べているあいだじゅう、こんなことをしたらズボンが埃まみれになると不平を言いつづけていた。宿の亭主が宿帳を持ってきたので、ふたりが該当のページに目を通すと、〝モーガン・ネメイン〟の署名が見えた――縦長の、大きく、力強い文字で記されていた。ホームズは筆跡鑑定の達人で、記された文字から書いた人間を特定し、もっとも有力な手がかりとすることができるが、アーサーにはそんな技能はない。彼はそこから秘密を読みとることはあきらめ、静かに宿帳を閉じた。

結局、アーサーとブラムは重い足取りでその安宿をあとにすることになった。ごったがえすステップニーの大通りに出ていったとき、とりわけアーサーは苦い気分になっていた。ことは計画していたようには運ばなかったのだ。

「さてと、これですべてかたづいたのかな？」ブラムが言った。彼はそれまで、自分たちがまちがった方向へ進んでいることをアーサーに知らせるころあいが来るのを待っていたのだ。「得心がいったかい？」

「願いどおりになった一日だなどと言うつもりはない」アーサーは応じた。「実際、謎がさらに深まったように思えるほどだ。わがシャーロックには、仕事に援用できるデータがある。だが、われわれになにがある？　名もなき夜の女？　このブロックだけでも、そんな女は何千といるにちがいない。これはシャーロックの冒険譚の埒外にある細事なんだろう」

ブラムが長いあいだじっくりと考えてから、重大きわまる決断をした。

「アーサー、きみがこんなことをするのは気に入らないし、わたしはと言えば、なにがなんでも、平穏なわが劇場へ戻りたい気分になっている。これまで一度も、あの劇場を〝平穏な〝と呼んだことはないというのにだ。きみはパンドラの箱の蓋をもてあそんでいるとしか思えない。いったんそれを開いたら、なにが跳びだしてくるか、きみにはまったく見当がついていないだろう。ここはきみが訪れるような場所じゃない。そんなことをするには、きみは善良すぎる、アーサー。われわれのなかに……」ブラムは長い間を置いた。「そう、きみほど善良な男はほかにいないんだ」

「ありがとう」ブラムの好意を受けとめて、アーサーは言った。「しかし、どの方向へ進めばよいか、まだ見えていないが、わたしは今回のことに深く関わっているから、いまさらひきかえすわけにはいかないんだ」

「それはそうだろうが」ブラムが言った。「この場合、きみに言っておかねばならないことが、明確にふたつある。別個のふたつの事柄で、きみはまちがった方向へ進んできた。ひとつめは、文字どおり、われわれが北へ歩いて、ブラックウェル駅から遠ざかっていること」

アーサーはそのことを確認しようと目をあげ、なにも見つからなかったので、無言でうなずいて、いま来た方角へひきかえし始めた。

「ふたつめ」ブラムも身を転じ、アーサーと並んで歩きながら、ことばをつづけた。「あの死んだ若い女は娼婦ではなかった」

それを聞いて、アーサーは唐突に足をとめた。

「それはいったいどういうことだ？　彼女はあの安宿で男といっしょにいるのを目撃され……」

「たわけたことを」ブラムが言った。「イーストエンドに、きれいな白のウェディングドレスを持っている娼婦がいるものか？　なんであれ、きれいなドレスを持っている娼婦がいるものか？　あれはよごれ仕事だし、彼女らはだれひとり、衣服をきれいにしようなどとは思っていない。あの不愉快な男がわれわれに語ったところでは、彼女は顔をほてらせ、笑みを浮かべてあの安宿に入ってきて、一夜の宿賃を前金で支払った。その数分後、紳士があとを追ってやってきた。もし彼女が、表現がよくなくて申しわけないが、売春婦だとしたら、宿賃をその男のカネで支払っただろう。さあ、答えてくれ。どこのどの娼婦が、前渡しで客《ジョン》にカネをもらい、いっしょに数時間をすごすために嬉々として安宿に飛びこんできたりするものか？　もし彼女が、なんというか、商売女だったら、男が彼女から目を離した隙に、さっさとカネを盗んで逃げていただろう」

アーサーはそのことをじっくりと考えた。あの死んだ若い女が娼婦ではなかったとすれば……。

「そうでなかったとすれば……。もしそうでなかったとすれば、では彼女は何者だったのか？」アーサーは問いかけた。

「はっきりしたことは言えない」とブラム。「わたしは、きみがじつに能弁に書き記した演繹の才能を持ちあわせていないしね。しかし、あの明らかな事実をだれも考慮していないように見えるのが、よく理解できない」

「その明らかな事実とは？」

「それはつまり、彼女はそのありようどおりの女であったということ。花嫁だ」

「もし彼女が花嫁であったならば」アーサーはすべての事柄を考えあわせて言った。「その男は……」

「そう」ブラムがアーサーをヨーク・ストリートとの交差点へ導き、頭がぼうっとしているアーサーが通りがかった辻馬車にぶつけられないようにその身を守りながら、言った。

「殺人犯は、彼女と結婚した男だ」

14 嘆きのジェニファー・ピーターズ

……ロンドンへ、その巨大な汚水槽へ、帝国の怠け者や不精者のすべてが否応なく排出されていく。

——サー・アーサー・コナン・ドイル『緋色の研究』

二〇一〇年一月九日

ブリティッシュエアウェイ767の冷えた機内に入ると、ハロルドはセイラのことをあと少しでもよく知ろうとつとめた。それはすぐには成功しなかった。

「前にロンドンに行ったことは？」並んでレザー・シートに腰をおろしながら、彼は問いかけた。

彼女はしばらく黙りこんだあと、頬を緩めてゆがんだ笑みを浮かべた。

「なぜ、あなたがわたしに語らないの？」と彼女が応じ、ハロルドは困惑した。

「なんだって？」

「ホームズの小説にはすべて、そういうことが書かれてるじゃない？　彼は初対面の相手の見かけから、そのひとの人生にまつわるあらゆることを語るでしょ？　靴についた泥よごれだの、掌のたこだのといったことから」

「じゃあ、きみはホームズの小説を読んだことがあるんだね？」ハロルドは訊いた。

「ブラヴォー！　あなたの最初の演繹推理は正解よ」

ハロルドには、セイラがたらしこもうとしているのか、たんにからかっているのか、なんとも判断がつかなかった。

「といっても、ほんの数冊だけど」彼女が付け足した。「シャーロッキアンのみなさんにご同行するための宿題としてね。さてと。わたしのことをもっと語って」

ハロルドは彼女を下から上まで見ていった。スティレットヒールのブーツ、暗色のジーンズ、襟を立てた格子縞のフランネル・シャツ。スタイリッシュに装っているという印象は受けたが、そのようにしている理由はわからない。

彼女の言ったことが正しいのは明らかだった。ホームズは事実上、すべての小説のなかで、ああいうちょっとした芸当を演じている。新たな依頼人が応接室に入ってくると、ホームズはその紳士もしくは淑女を一瞥して、完璧な評価を下す。『四つの署名』では、彼はワトソンの兄の全人生を、かつて兄のものであった懐中時計を検分しただけで語ることができた。

その芸当は、ハロルドが想像していたよりむずかしいことだった。彼の注意はまずセイラの着衣に集中したが、それはたいしたことは語ってくれなかった。安ものには見えないが、かといって目が飛び出るほど高価なものにも見えない。爪は長く、不揃いで、塗られていた深紅のマニキュアはほとんど剝げかけている。

「ホームズにはひとつ有利な点があったんだ」ハロルドは言った。

「うん？　それはなにかしら？」

「彼はヴィクトリア朝時代のイングランドに住んでいた。当時、その社会は、ある人物がどこで育ったかを、ことばのアクセントをもとに数マイル以内の誤差で特定できるほど階層化されていた。〝コックニー〟（ロンドンの下町の住民、および彼ら特有のことばのアクセントのこと）という語はもともと、セント・メアリ・ル・ボウ教会の鐘の音が聞こえる範囲の住民という意味だったんだ。シャツのカフスは、そのひとの身の上を物語った。ホームズは、ある男のステッキに関して——たとえば『バスカヴィル家の犬』のなかでそうしたように——とても多くのことを語れた。なぜなら、あの時代、紳士はステッキを持ち歩くものだったからだ。現在はもう、そういう決まりごとはない。ひとが服やスタイルを選ぶのにも、百万もの選択肢がある。高価に見える服を着ていても、それは中古衣料店で買ったものかもしれない。ぼくが住んでいるLAの基本的な法則は、カジュアルに見える人間ほど金持ちというものでね。ぼくらはどちらもアメリカ人だから、特定のいくつかの地域のアクセントをもとに、ふだん動きまわっているのはどこかを判別するのは、まずむりだ。とりわけ、じつによく動きまわるひとびと――きみのような記者の場合は。きみがこれまでに住んだことのある街はいくつ？　四つ？　六つ？　生まれたのがそのどこであってもおかしくはないだろうしね」

「言いわけばっかり」セイラが言った。「いまケイル殺しの犯人を追ってるシャーロッキアンはあなただけじゃないけど、わたしはあなたに賭けたの。賭ける馬をまちがったと思わせたくはないんじゃない？」

「まちがっちゃいないさ」

「よかった。では、わたしは前にロンドンに行ったことがあるかどうか？」

ハロルドは間《ま》をとった。フライトアテンダントがやってきて、ふたりのトレイテーブルのそれぞれにプラスティック製のシャンパングラスを置いた。

ハロルドはシャーロック・ホームズの実在性を信じていた。彼を主人公としたシリーズが〝現実〟でないことは知っていたが、ホームズもそうだとは信じられなかった。とにかく、あのシリーズが表わしているものが実在することは信じていた。ハロルドは推理能力というものを、演繹科学の精密性を、信じていたのだ。シャーロック・ホームズにはそれができた。となれば、自分にもできるだろう。

ハロルドは彼女を詳しく見た。明るいブルーの目。細い鼻。左右の耳たぶにぶらさがっているフープ・イヤリング。カールしたブラウンの髪がポニーテールにまとめられ、ほつれ毛が二、三本垂れている。片耳の後ろになにか。彼はファーストクラスのシートの隙間へ身をのりだして、それを間近に見た。左の耳たぶの後ろに、小さなタトゥーがあった。

「そうか」ハロルドは言った。「きみは前にロンドンに行ったことがある」

セイラがほほえんだ。

「どうしてそうとわかるの？」

「わかるんじゃなくて、それが筋の通った推測ということさ。きみの鼻には、以前はそこにピアスをしていたことを示す、小さな痕跡がある。そして、左耳の後ろに音符のかたちをしたちっぽけなタトゥーがある。音符のタトゥーをするのはどういう人間か？　おそらくはミュージシャン。つまり、きみは以前、ある時点においてミュージシャンだった。ロック・バンドの線だろう。なぜなら、きみはクラシック音楽家のように指の手入れをしてはいないし、以前は鼻にピアスをしていたからだ。ベース・プレイヤーだった？　熱心に活動していたはずだ。そうでなければ、そんなタトゥーはしなかっただろうしね。しかし、その後、音楽はやめて、記者になった。いまはフリーランスの記者で、それはそこそこ有名であることも意味する。そうでなきゃ、それほどの稼ぎはないはずだからだ。かといって、とても有名というほどではない。そうであれば、ぼくもきみのことを耳にしていただろうしね。つまり、カネが必要だから音楽をやめたのでもなければ、カネのために記者になったのでもない。きみが金銭的に困窮したことがあるとは思えない。きみは金持ちの子か、そこまでいかなくても、かなり裕福な家庭の子で、両親の反対を押しきって、クレイジーな夢を追いかけるようになった。きみの幼少期、両親はその気になれば、きみを連れてヨーロッパへ休暇旅行に出かけることができただろうし、バンドに加わっていたころのきみは、正規のメンバーだったとすれば、演奏ツアーにも参加していたにちがいない。これは、きみが過去のいつかの時点にロンドンへ行ったことがあるという論拠になるだろう」

セイラがにっこりとほほえみかけ、ゴルフ競技のときにギャラリーがする、音を立てずに拍手をするようなしぐさをしてみせた。

「アコーディオン」彼女が言った。「ベースじゃなく。パンク・バンドでアコーディオンを弾いてたの」

「パンク・バンドにアコーディオン・プレイヤーがいた?」

「とってもクールだったわ。でも、イーストコーストには進出できずじまい。育ったのはバークリーの近辺で、両親の暮らし向きは、彼らのことばによれば〝快適〟だった。子どものころに三度、両親に連れられてヨーロッパへ行ったわ。パリ、マドリード、そしてイタリア。イタリアにいたのは一週間で、ローマからフィレンツェ経由でチンクエ・テッレへ旅した。でも、ロンドンへ連れていってもらったことは一度もなし」

「でも、ロンドンに行ったことがあると言ったね」ハロルドは言った。

「ええ」とセイラ。「元夫がイギリス人だった。ロンドン生まれ。出会ったのはニューヨークだけど、何度かいっしょに彼の実家に行ったことがあるの」

彼女がシャンパングラスを掲げ、ハロルドのグラスと触れあわせる。

「乾杯」と言って、たっぷりとシャンパンを飲んだ。「あなた、初めてにしてはじょうできだったと思う」


ふたりが訪れたとき、アレックス・ケイルの妹は泣いていた。目のまわりが腫れて、淡いピンクになっていることから察するに、かなりのあいだ泣いていたのだろう。

兄より何歳か若いにもかかわらず、ロンドン・フィールズ（ロンドンの南東部に位置する公園の多い地区）にある広々とした共同住宅《フラット》の玄関に、三度めの呼び鈴に応えて出てきて、ハロルドとセイラを招き入れたとき、ジェニファー・ピーターズは実年齢よりずっと老けて見えた。そのショートヘアは光沢がある一方、乱れていて、ふたりと話をしているあいだ、彼女は絶えず、短いボブカットにした髪を耳の後ろのところで撫でつけていた。ジーンズにローネックのセーター、厚手の赤いソックスという身なりで——靴は履いていなかった。これほど目に見えて落ちこんでいなければ、日曜の朝を楽しんでいるように感じられただろうが。

彼女の夫はこのフラットに同居していなかったが、ハロルドは彼の所在を問わなかった。この夫妻は子を持たず、一年の大半を外国で暮らしていた。彼女はアレックスの持ちものを処分して、遺体を引き取り、一族の代々のひとびとが眠るハイゲイト墓地に埋葬するための手配をすませて、この前日、ロンドンに着いたばかりだった。ジェニファーは、兄の唯一の近親者だったのだ。

ハロルドとセイラは硬いカウチに、ジェニファーは幅広の白いプラシ天の椅子にと、三人が腰をおろしたとき、ハロルドは悲痛な気配が黴《かび》のように部屋全体に立ちこめていることに気づいた。カウチがべっとりと湿っているように感じられた。

尻がぞくぞくするような気分だった。少なくとも、すべてのバッグ類といっしょに鹿撃ち帽もホテルに残してくるだけの分別があってよかったと思った（じつのところ、それは彼に分別があったというより、セイラがやんわりと促したからこそだったが、それでもその決断をしたのは自分だという自負はあった）。アレックスの妹に話をしてくれと要求するのは、墓荒らしをするような気持ちにならざるをえなかった。なにしろ、ジェニファーはいま、残りわずかだった近親者を失うという大変なできごとに正面から向きあわねばならないときなのだ。

「生前の彼と最後に話をされたのはいつでしょう？」ハロルドは尋ねた。

「くりかえしになってすみませんが、ここにいらっしゃった理由は？」悲しみに沈んだ声でジェニファーが問いかえした。

「彼はよき友人でした」話を誇張したことが恥ずかしくなって、ハロルドはごくんと唾を飲んだ。「ぼくらは彼の身になにが降りかかったのか、それを解明しようとしているんです」

ジェニファーがセイラに目を移し、そのあとふたりから顔をそむけた。問題の複雑さにではなく、その単純さに呆然としているように見えた。彼女の兄が死んだ。それが、〝彼の身に降りかかったこと〟なのだ。

「ハロルドは、あなたのお兄様と同じいくつかのサークルに所属して、あちこちと移動していたんです」セイラが言った。「わたしたちはこのように考えています。お兄様はこれをやった人間に関して、警察はまだつかめていない、なんらかの洞察を得ていらしたのではないかと」

「あなたは刑事さん？」ジェニファーがハロルドに問いかけた。

「いいえ、まったくもって」

「では、実際にはなにをなさってらっしゃるの？」

「ぼくは読者です」

「それはどういう意味？」

「ぼくは本を読みます——いや、過去形にして、ぼくはたくさんの本を読んだと言うほうがより正確でしょう。いまはフリーランスで、たいていは大手映画会社の法律部門から依頼された仕事をしています。だれかが著作権侵害で会社を訴えたときに、弁護の根拠となるもの準備を支援したり――」

「――アレックスのシャーロッキアン仲間のおひとり？」

「はい」

彼女はセイラに顔を向けた。

「そして、あなたは記者？」

「はい」

ジェニファーがため息をついて、脚を組み、赤いソックスについた繊維屑をつまみとった。

「兄とはこの一カ月ほど話をしたことがなくて。わたしたちはあんまり……。いえ、それはほんとうじゃないわ。わたしたちはそれなりに仲良くしていたの」

「その前はどんな話をされました？ なにか尋常でないようなことがあったとか？」ハロルドは言った。

「アレックスにはいつも、なにか尋常でないところがあって。彼のなかでは、〝グレート・ゲーム〟（十九世紀後半における中央アジアの覇権をめぐっての大英帝国とロシア帝国の抗争を意味する歴史用語）がつねに発動していて、いつもなにかの遺物だの貴重な文書だのなんだのを追いかけてたわ。いつも、伝記を書き終えるまであとほんの少しというところ、それほど間近に迫っていたの。あの日、兄は、わたしの記憶がたしかなら、日記を発見してからずっと自分は尾行されていると言っていた。彼にはものごとを大げさに表現する傾向があったと思うけど」

「だれに尾行されていたんでしょう？　どんな男か――あるいは女かについて、なにかおっしゃっていましたか？」

「あら、彼にわかるわけがないでしょ？　アレックスが正体不明のだれかに狙われていると考えたのは、これが初めてのことじゃなさそうだし。大学生のころにも、そんなことがあったわ。ライヴァルの学生ふたりが陰謀をたくらんで、自分の仮説を横取りしようとしているからと、父に電話をかけてきたの。もちろん、それはばかげた考えで、彼らはそんなことはなにもしてはいなかった」

「尾行されてはいなかったとすれば、彼を殺したのはだれなんでしょう？」とハロルドは問いかけ、自分のあつかましさに仰天した。

「それは明らかなんじゃない？」とジェニファー。「だからこそ、ここにいらしたんでしょう？」

「どういう意味ですか？」

「彼を殺したのはあなたのお仲間のだれかってこと。あなたがたは嫉妬深い子どもの群れみたいなものよ。彼がキャンディバーを持っていたら、あなたたちはこぞってそれをほしがる。〝くれ、くれ〟と」ジェニファーは組んでいた脚を解いて、両足を床につき、膝に両手を置いて身をのりだした。「あなたは、お仲間のだれがやったと考えているの？」

ハロルドはロン・ローゼンバーグを思い浮かべた。ジェフリー・エンゲルスもだ。そして、ほかの一ダースほどの人間も。疑惑が背すじに寒気を走らせたが、ハロルドはカウチの上で身を揉んでそれを押さえこんだ。

「わかりません」彼は言った。「いまはまだ」

セイラが口をはさむ。「お兄様との最後の会話を思いだしてください。尾行されていると彼が考えていた人物に関して、なにかおっしゃっていませんでしたか？」

ジェニファー・ピーターズはしばらく考えこんだ。

「なにも」彼女が答えた。

「わたしたち、もしあなたのご了承がいただければ、彼のアパートを拝見したいと思っているんですが」セイラが言った。

「まあ、いいでしょう。べつに差し障りはないんじゃないかしら？」少し考えてから、ジェニファーは言った。「いまからお連れするわ。靴を探してくるから、ちょっと待っててね」

ハロルドが愛読してきた小説のなかでは、殺人はひどくありふれたものだった。死体はプロットの勘どころであり、解き明かすべき謎であるにすぎない。それらの小説にきょうだいは出てこなかった。プロットの勘どころが、靴をなかなか見つけられずにいる悲しみの妹を生みだすことはなかった。

「ご存じでしょうが、お兄様は」しばらくしてハロルドは切りだした。「ぼくらの団体におけるレジェンドでした。その彼が、ついに失われた日記を発見したとすれば？　あなたにとってはたいした慰めにならないかもしれませんが、彼は夢を実現させたんです。ずっと探しつづけていたものを、彼は見つけだした。他界する前、彼はしあわせな気持ちでいたでしょう」

ジェニファーがひとりで笑って、首をふる。

「しあわせ？」彼女が言った。自分が口に出したことばの響きを聞きとろうとしているようだった。「ずっと探していたものをついに見つけだしたら、ひとはしあわせになると、あなたは考えてるの？」

左手の指にはめている結婚指輪をうわの空でいじくっていた。

「じつのところ、彼はそうじゃなかった」彼女がつづけた。「彼が電話をかけてきて、日記を見つけたと言った日のことは、いまも憶えてるわ。電話の声がとても小さくて、なにを言ってるのか聞きとりづらいほどだった。ひどくよそよそしく、ひどく堅苦しくて。わたしはシャンパンで祝杯はどうかしらと応じ、祝賀会を開いてあげましょう、その値打ちはあるでしょと言ったの。〝それは必要ない〟と彼は言ったわ」低い声になって、死んだ兄の口まねをした。「〝それは必要ない〟。ふつうそんなことを言うかしら？　妹に向かって？」

しばしののち、ジェニファーは歩きやすそうなウォーキングシューズを履き、大きなウィンターコートを持って、奥のクローゼットから出てきた。コートを着こむと、襟を飾っているミンクの毛が彼女の耳たぶをくすぐった。

「どこで発見したかについて、彼はなにかおっしゃっていましたか？」ハロルドは問いかけた。

この質問をするのに適切な時が来るのをずっと待っていたのだった。だが、適切な時などあるわけはない、と彼はいま悟っていた。

「なにも言わなかったわ」ジェニファーが答えた。

「そのことをお尋ねになりました？」

「何度も何度も尋ねたわ。〝アレックス、あなたは十年間も必死に探してきたってのに、どこでそれを見つけたのか教えてくれないの？〟って。でも、なしのつぶて。彼が一週間ほどケンブリッジに行ってたことを考えあわせてみたわ。理由がよくわからなくて。彼は調べものはたいてい、ヴィクトリア女王時代とエドワード七世時代に関する第一級のコレクションがある大英図書館でしていたの。いいこと、彼は以前のいつにも増して、ずっと探していたものの間近に、きわめつきに間近に迫っていたというのに、わたしになにひとつ話そうとしなかったのよ。それがある日、電話をかけてきて、こう言ったの。〝あー、ジェニファー、例の日記を発見したよ。じつに魅力的なしろものでね。伝記を書きあげ、今年のコンヴェンションでその全容を明らかにするつもりなんだ〟。物悲しげな——知り合いのだれかが死んだことを知らせるような——声だった。故人への哀悼の辞を告げるような」彼女は顔をしかめ、そこで口をつぐんだ。

「日記の発見は彼にほんのわずかな安らぎすら、もたらさなかったとお考えなんですか？」セイラが尋ねた。「彼のライフワークが成就したというのに」

「彼が発見したものは、それを目にした瞬間から死ぬ日まで、彼を惨めな気持ちにさせていたんだと思う。日記に殺されてしまう日まで！」ジェニファーが言った。「わたしは、コナン・ドイルの日記の発見は兄に降りかかった生涯最悪のできごとだったと思ってるの。それがあなただったら、どんなことになるかしら？」

15　愛の申請

「同時に、あなたは認めなくてはならない。女性の結婚というのは、その友人や親戚にとって、彼女にちょっとした尽力をするのに絶好の機会であることを」

――サー・アーサー・コナン・ドイル

「チャールズ・オーガスタス・ミルヴァートン」

一九〇〇年十月二十一日（つづき）

アーサーがウォータールー駅を出たのは、沈みゆく太陽が淡い黄色に染めた空に、ウェストミンスター寺院《アビー》のもっとも高い尖塔がくっきりと浮かびあがるころだった。夕刻とあって、あふれかえる歩行者や騒々しいブルーム馬車の群れがウェストミンスター橋の上を奔流のように――まさしくライヘンバッハの瀑布のように――東のかた、混みあう街の中心部へとなだれこんでいく。ビッグベンの針が五時二十分を指していた。

この街のどこかに、〝モーガン・ネメイン〟を殺した夫がひそんでいる。そして、アーサーはその男を見つけだそうとしていた。彼が最初に立ち寄ったのは、カンタベリー大主教の代理として毎年、二千件にのぼる結婚許可証を発行している大主教代理法務官事務所だった。通常は、夫婦となるふたりが居住する教区の主教によって結婚が許可されるのだが、その男女が異なる教区の出身者である場合、その婚姻に法的許可を与えるのはカンタベリー大主教のみと定められている。言い換えるならば、ひそかに結婚しようとする者は、ウォータールーに近い大主教代理法務官事務所へ向かうということだ。社会におけるもっとも罪深い婚姻が、もっとも権威ある教会の事務所によって許可されるわけだが、それは公然の秘密であり、かなりよく知られる逆説《アイロニー》だった。

婚姻記録は最終的には安全確保のために書庫へ送られるが、あの死んだ若い女が結婚したのはつい数週間前のことであり、アーサーがその婚姻許可証の写しを大主教代理法務官事務所で見つけられる可能性はおおいにあった。

アーサーとブラムはブラックウォールからひきかえす列車の車内で、この計画を練りあげていた。そのあと、ブラムは捜索活動からおりたいと訴え、劇場と俳優たちの管理をすべくライシーアムへ戻っていった。いまいましいことに、彼は『ドン・キホーテ』の舞台のために生身の馬を見繕わねばならなかった。傲慢な男は手がかかるものだ。

ウェストミンスター橋を渡るとき、アーサーはその上に点々と立つ街灯が星ぼしの集まりのように明るいことに感動を覚えた。並んでいる街灯が、通行する良家のひとびとの黒いコートと対照的に白く光り、ウェストミンスター寺院を形成する大小の尖塔を照らす月光よりまばゆく輝いていた。あれは新発明の電灯だ、とアーサーはすぐに気がついた。市の当局が、過去一世紀にわたってロンドンの公共スペースを照らしてきたうすぎたないガス灯に替えて、それを大通りから大通り、街区から街区へと、順に設置しているのだった。この新発明の電灯はガス灯より明るかった。しかも安上がりだ。管理の手間も少なくてすむ。その光が宵闇を遠くまで照らし、足もとの亀甲のようにでこぼこした石の舗装を、そしてそこに生じているあらゆるひび割れを、浮かびあがらせていた。不鮮明な白黒で描かれるロンドンの光景よ、黒一色で描かれる紳士淑女の光景よ、さらばだ。ニューカースル産の石炭がもたらす霧と煤煙よ、ブラックフライアーズの鋳鉄工場がもたらす悪臭よ、さらばだ。二十世紀の清潔な輝きのなかへようこそ。

辻馬車に声をかけて拾ったとき、アーサーはテムズ川を渡ってすぐのところにある新築のスコットランドヤード本部から目をそむけていた。

アーサーを乗せた馬車がケンジントンへ向かい、そこで右へ鋭く折れて、ランベス・ロードに入る。行く手に、どっしりしたランベス宮殿が鎮座していた。武装が施されていない近代都市のなかにあって、中世からの銃眼付き胸壁は軍国主義的で、時代錯誤のように感じられた。アーサーの目には、その宮殿は、北にある聖トマス病院の尖塔に攻撃を仕掛けようとしている、がっしりした怒れるアイルランド人に似ているように見えた。そのかたわらに、大主教代理法務官事務所があるのだ。

代理法務官事務所への巨大な進入路には、Vの字を逆さまにしたような門が並んでいて、進むにつれ、それが少しずつ小さくなっていった。アーサーには、暗いトンネルへ入りこんでいくように感じられた。

そこは厳密には教会ではなかったが、その建物は、アーサーがカトリックや英国国教会《アンゲリカン》の教会からいつも連想する静けさと、荘重な沈黙を宿していた。アーサーは〝教会〟というものを――実際、いかなる教会をも――信じてはいなかったが、それでもやはり、自分が教会を愛していることは認めざるをえなかった。アーサーは、古代を彷彿させるものはなんであれ賛美していた。それは、自分が一千年にわたって継続してきたブリテン国家の一員であることを感じさせてくれる。彼は神を信じる以上に、同胞のひとびとを、そして彼らが築いてきた文明の理想を信じていた。アンゲリカンよりサクソン人への愛のほうが強かったのだ。

そのなかを歩きだすと、床を打つブーツの音が長い廊下にこだましていき、アーサーはいささかどぎまぎした。ゆったりした長衣をまとった修道士たちが通りすぎていくが、彼らは歩いていくあいだもほとんど音を立てないように思えた。

婚姻係デスクについている修道士は、アーサーの息子と同じくらい幼く見えた。濁った茶色の長衣をまとい、その顔は、人生の悩みなどはなにもない少年のように開けっぴろげで、しわひとつなかった。アーサーの目をまっすぐに見たとき、彼はまばたきもせず、慇懃《いんぎん》に目をそらしもしなかった。確固とした信仰心がもたらす確信と明晰な頭でもって姿勢を保ち、まっすぐアーサーを見つめてきただけだった。

「こんにちは」アーサーは切りだした。「お手数をおかけしてすみませんが、こちらの婚姻記録を調べさせていただければと思いまして」

「お嬢様のでしょうか？」若い修道士がはきはきと応じた。

「なんとおっしゃった？」

「お嬢様の。シャーロック・ホームズでなくても、あなた自身が既婚者であることはわかります」修道士がほほえみ、視線を下に向けて、アーサーのゴールドの結婚指輪を見た。「あなたのような方が——髪にちょっと白いものが混じっている年配の紳士が——ここにいらっしゃるのはたいていの場合、失踪したお嬢さんの行方を追うためでして。ここの記録はだれにも掘りかえさせてはいけないことになっていますが、いとしいお嬢さんをお探しになっておられる温厚な感じの人物は例外扱いとすることがよくあります。意外に思われるでしょうが、そういう方が大勢お見えになるのですよ」

アーサーは考えをめぐらし、ここは嘘をついておくのが最善のやりかただと、きわめて合理的に判断した。

「ええ。娘のです」彼は言った。「行方知れずになりまして。交際相手《ボウ》と駆け落ちをしたのでは、不埒な男に脅かされてそうしたのではないかと案じているんです。ネメイン——それがわたしの苗字です。アーチボルド・ネメイン。娘の名はモーガン。よろしければ、こちらの記録台帳を拝見して、あの子が婚姻許可をもらうためにここに参ったのかどうか確認したいのですが？」

「それは案じられますね」心得たように修道士が言った。「ついてきてください。申請書は奥に保管しておりますので」

若者がデスクを離れ、婚姻受付事務所の奥にある小部屋へアーサーを案内した。その部屋は、巨大な灰色の石壁によって完全に封じられていた。アーサーは、周囲全体から圧力がかかってくるように感じた。ポーの小説が頭に浮かんでくる。「アモンティリャードの酒樽」に描かれたあのまったき恐怖が。

そこにある家具は大きな木の収納箱のみで、それに二ダースほどの小さな抽斗があった。本来の用途がなんであったにせよ、近年のある時点において、婚姻の申請を——両名の結婚の意思が正式に記述された公式文書を——アルファベット分けで保管するための箱に転換されたのだろう。

アーサーが目の前に出現した調べものに取りかかったとき、デスクのほうから若い男女のささやき声が修道士の耳に届いてきた。修道士は彼らの申請に対処するために、アーサーを残して、そちらへ向かった。

それから一時間近く、アーサーは申請書の抽斗を探りつづけた。最初、その捜索につきまとっていたのは、修道士のデスクにやってきた、花嫁となる予定の女が漏らす興奮した笑い声、そしてその花婿となる男がのんびりと話す声や、修道士の問いかけに応じて必要な事項を穏やかに告げる声だった。恋人たちの氏名、彼らの両親の氏名、出生地および現住地の住所、そして花嫁の父親が署名した許可証。そのふたりが去ると、修道士はさらにまた、事務所を訪れた別の恋人たちや、熱意あふれる若者たちの相手をした。若者たちのなかには、フィアンセの手間を省かせるために、ひとりでその義務を果たすためにやってきた者もいた。アーサーの耳には、来ては去っていくひとびとの声のすべてが、元気にさえずる鳥の鳴き声のように聞こえた——近くの木へぱたぱたと飛んできて、用件をぺちゃくちゃとしゃべり、ひらひらと心躍らせて去っていくように。

彼が前にした大量の手書き文書には、政府官僚によって記された〝恋愛談〟も含まれていた。それぞれが、結婚の意思強固な花婿の愛のこもった右手で書かれてはいるものの、申請書の形式をとっているため、それは意思によるものというよりシェイクスピアの文章のように見えた。

多数ある申請書の最初のものは、〝一九〇〇年十月四日〟で始まり、〝この日、サリー郡モーデンの、現在二十四歳である独身男性トマス・スティシー・ジュニアが単独で訪問し、ノーフォーク郡の、現在二十歳である未成年の未婚女性メアリー・ビーチと結婚する意思であることを、彼女のおじであり、また彼女には父も母もおらず、遺言も両親に指定された保護者も存在しないため、法的に保護者として認定されたリチャード・ノリスの同意を受けて、申請した〟となっていた。たっぷり一ページがそのような文章で埋められて、花嫁、花婿の両人とも結婚歴がないこと、そして、その他にも〝婚姻の妨げとなる〟ことはなく、合法的な結婚をする資格を疎外する条件は存在しないことが確認されていた。

アーサーは、自分が結婚したときのことを思いだしていた——あれからもう十六年！　メイソンギルでのあの甘い十月の日から、ほんとうにそれほど長い年月が過ぎたのだろうか？　トゥーイと出会ったとき、自分は文字どおりの意味で貧乏医師だった。開業医になったばかりとあって、収入はろくになかったが、あれから何年もたったいまやっと、それは自分の才能が乏しかったからかもしれないと認識するようになっていた。そんなころ、彼女の弟が脳膜炎を患ったために来院して、入院患者となり、自分はトゥーイと——当時はルイーザ・ホーキンズという、いま耳にすると他人の妻のことのようにも聞こえる名だった——出会ったのだった。彼女の弟には毎夜、抱水クロラールの鎮静剤を与えたが、一週間もしないうちに逝去した。アーサーはいまも、彼のほんとうの死因は当時の自分の処置だったのではないかと疑い——いや、それはまずないだろうと、自分を納得させることがある。あれから十六年が過ぎたいまは、抱水クロラールの投与にはある種の危険が伴うことがわかっていた。しかし、あの患者は譫妄《せんもう》の発作で衰弱していたから――まちがいなく、なにか鎮静剤が必要だったのではないか？　医学とは、なんと胡乱《うろん》な科学であることか。虚構とまではいかなくても、一種の技芸ではあるだろう。

いまアーサーは、木の収納箱から多数のひとびとの結婚の記録を引きだし、親指でページをめくりながら、それらのそもそもの始まりはどういうものだったのだろうと思案をめぐらしていた。彼らはみな、あのときの自分、祭壇に立つ花嫁を見たときの自分、参列者のなかに混じって泣いている母にウィンクを送ったときの自分と同じように、しあわせだったのだろうか？　彼らの情熱は十六年後にはどうなっているのだろう？

愛は年月を経るにつれ、忠実な犬のように温和になる。かけがえのない貴重なものとなって、宝石箱のように世の中から遮断される。そして、頼もしく安心できるものへと育っていく――愛は卵、愛はハム、愛は朝刊だ。アーサーはいつに変わらずトゥーイを愛してきた。いや、以前に増してだ。これからもつねにトゥーイを愛するだろう。たしかに、数年前、彼女が病に罹患したときから、自分たちは親密な接触を慎んできた。もう子を授かることはないだろうが――それでも、家族といっしょにいられる以上のしあわせはないだろう。出会ったとき、自分は二十六歳で、トゥーイは二十八歳だったのに、幼いころから彼女とともに育ったような――彼女のすぐそばで、おとなへ成長してきたような――感じがしていた。彼女は自分の姉で、隠しごとはなにひとつできない存在であるかのような。

いや、たぶん、隠しごとがひとつはある。ジーンがいて……。

彼は三年前、美しくあでやかなジーン・レッキーと出会い、彼女の火花を散らすような話しぶりに、その不謹慎なまでのウィットに、きらめくようにまばたく豊かな睫に、すっかり魅せられてしまった。彼女は若かったが、とても聡明で、男のように思考することを恐れず、迷いなく自己を表現していた。アーサーは彼女のような女性に出会ったのは初めてであり、二度めはけっしてないだろうと感じた。もちろん、彼女への思いは純粋無垢なものにとどめてきた。手を触れあわせることすらなかった。彼女と並んで歩くときは、胸を張って、両手を背中にまわし、肘を九十度に折って組みあわせるようにしてきた。自分は忠誠を誓った身なのだ。そしていまこのとき、それと同じ忠誠を誓った数百通の文書を膝にのせている。自分が裏切ることはけっしてない。ではあっても、ジーンと会うことは、高潔さを可能なかぎり保って、つづけるだろう。彼女とともに田園地帯の長い散歩をしよう。自分がクリケットの試合をするときは、彼女が観客席から喝采を送ってくれるはずだ。

これもまた、愛だ。そして、アーサーにとっても大きな驚きだが、そのふたつの愛が排斥しあうことはなかった。彼はジーンを愛するのとまったく同様に、トゥーイを愛していた。ふたりに向ける愛は性質がとても異なっているので、たがいに増幅しあい、鏡に映ったふたつの女神像のように彼の胸をふくらませる。自分はいつか、中年の肉体にあまりにおびただしい愛が流れこんだせいで急死するのではないかと思ったりする。水と油は分離する性質があって、混じりあわないが、爆発を起こすこともない。そのふたつが別々に、そして同じ量で、自分の血管を流れているのだ。

男はどれほどの愛をわが身に持ちうるのか？　自分の愛は、これらの申請書に独身男性として氏名を記した若々しい顔の花婿たちより大きいだろうか？　自分の愛は、いま〝ミセスなにがし〟になろうとしているという思いで四月の薔薇園のように頬を虹色に染めた、晴れやかな花嫁より大きいだろうか？　愛はすべて、毛をむしられて煮られたチキンのように、同じに見えるのだろうか？　それとも、角膜や指紋や頭蓋骨のように、ひとつひとつが異なっているのか？

アーサーは、モーガン・ネメインの胸のなかで息絶えた愛のことを考えた。その愛は、うすぎたないステップニーのバスタブのなかで首を絞められ、腐乱するがままに放置された裸身とともに、息絶えた。いや、安宿の亭主によって発見されたのは、死後まだそれほど時間がたっていないときだった。その腹部に触れたら、まだ温かみが残っていただろう。心臓が停止したあと、白い蛆虫が湧いてくるほどの時間はたっていなかったのだ。

それをやった男の痕跡を見つけようと、アーサーは申請書の束を躍起になってめくっていった。女の恨みを晴らすべく、つぎつぎにページに目を通していった。

しばらくして、あの修道士が戻ってきた。アーサーは氏名を調べることに熱中していたので、彼が入ってくる音が耳に入らなかった。若者がアーサーの注意を引こうと、肩をたたく。アーサーは跳びあがるほど驚き、胸に片手を置いて、深呼吸をくりかえした。

「すみません！」修道士が言った。「驚かせるつもりはなかったんです！」

「だいじょうぶ、なんでもない」喘ぎ声でアーサーは言った。「こっちも驚くつもりはなかったんだがね」

「探しもののぐあいはいかがです？」

「残念ながら、うまくないですな」アーサーは白状した。「ここの文書のどれにも、〝モーガン・ネメイン〟の名は見当たらない。彼女は――わたしの娘は――おそらく偽名を使ったんでしょう」

修道士が心得たようにうなずく。

「ほかに手がかりを求めるようにしたほうがよさそうです」アーサーはふと思いつき、笑みを浮かべてあとをつづけた。「ここのドアを出入りする若者の数はとても多いにちがいないが……あなたがたまたま、甲高い声で話す若者の名前や顔を憶えているということはないでしょうか。その男がここに来たとすれば、それは二週前の火曜日でしょう。黒のコート。黒のシルクハット」

アーサーは笑った――こんな描写では、そのひととなりをたいして特定できていないのでは？

修道士が、酸っぱいミルクを口にしたかのように顔をしかめた。好奇心を覚えたような目でアーサーを見つめてくる。

「おかしな話ですが……あなたがお探しのその男が、まったく同じような質問をわたしにしたように思います」

こんどはアーサーが妙な顔をする番だった。

「なんですと？」アーサーは言った。

「お探しの男。花婿。こんな奇妙なことはないですね。いまおっしゃったように、二週間かそこら前、甲高くて細い声で話す、黒ずくめの男がやってきたんです。もちろん、いままでそのことを思いかえすことはなかったですが、その男の見分けはついたと思います。彼はわたしがそうしたのを見て、そうしたのかどうかと尋ね、わたしは、はいと言いました。わたしはそうし、彼はわたしにできたはずはない、それは筋が通らないと言い、わたしは同意した。そういうことです」

「失礼だが、なにをおっしゃったのかさっぱりわかりませんな」

「あの若い紳士は以前にここに来たことがあったので、わたしには見分けがついたということです。数ヵ月前のことでして。彼は申請書の記入をすませ、結婚するために立ち去りました。その数週間後、まったく同じ見かけの男がやってきました。わたしはデジャヴかと思いました。たしか、フランス語でそう言いましたね？　前に見たことがあるという、あの奇妙な感触がきざさなければ、彼を思いだすことはなかったでしょう。前に見たことがあるかとわたしが尋ねると、彼はひどくびくついたようすになりましてね。

〝ぼくを見たことがあるというのは、いつのことです？〟と彼は言いました。

〝よく憶えていません〟とわたしは応じました。そして、笑い声をあげ、軽い口調でその男に、〝あなたは前に結婚したことがあるでしょう？〟と言いました。もちろん、それは冗談――その男はまだ三十歳にもなっていないほど若かったので、結婚歴があるはずはないでしょう？　ところが、彼はおそろしくいらだちました。操り人形のように両手をめちゃめちゃにふりまわして。

〝断言していいですが、修道士さん〟と彼は言いました。〝あなたがなにを言わんとしているのか、ぼくにはさっぱり見当がつかないのはたしかです〟と。声がさらに高くなり、ウィリアム・バード（「ブリタニア音楽の父」と呼ばれるルネサンス期の作曲家）の曲を演奏しているような調子になりました。そのあと、彼はわたしにはなにを言っているのかさっぱりわからない状態になりました。この国では聞いたことがないように思える、なにかの言語でしゃべりだしたんです。意味はおわかりですね？　わたしとしては、立腹して、口をさしはさんでもよかったのですが、なにしろ神に仕える身でして。仕返しをするわけにはまいりません。彼は申請書を作成し、わたしがその下に署名を入れると、立ち去ったんです」

修道士の独白に耳をかたむけているうちに、アーサーは背すじがひりついてきて、物問いたげに片方の眉をぐいとあげた。うずうずする発見の感触があったのだ。

「その若い男の名は思いだせますか？」アーサーは立ったまま修道士のほうへ身をのりだして、問いかけた。

修道士が床へ目を落とす。

「残念ですが、思いだせません」

アーサーの思考がコマのようにぐるぐるまわって、さまざまな可能性を探った。

「しかし、あなたはさっき、彼は前に結婚したことがあると思ったとおっしゃいましたね？」アーサーは問いかけた。

「いやまあ、そのときは、あの男が不機嫌になったというだけのことで、そういう可能性はあまり考えなかったんですが」と修道士。「でも、いまは……あなたはそうだと考えてらっしゃる？」

〝わたしが考えているのは〟、とアーサーは言いたかったが、そうもいかなかった。〝その男はモーガン・ネメインにやったことを、それより前に別の女にやったということだ〟。

16　留守番電話

「状況証拠というのはじつに扱いづらいしろものでね」慎重にホームズは答えた。「それはひとつのことをまっすぐに指し示しているように見えるかもしれないが、視点を少し変えると、同等のたしかさでまったく別のことを指し示していることに気づくかもしれない」

――サー・アーサー・コナン・ドイル「ボスコム渓谷の謎」

二〇一〇年一月九日（つづき）

ロンドン・フィールズにあるジェニファー・ピーターズのフラットから、ケンジントンにあるアレックス・ケイルの家へタクシーで向かう三十分のあいだに、ハロルドとセイラは、ジェニファーとアレックスの家族史のあらかたを知ることになった。

だれでも想像がつくことだが、その家族はきわめて裕福だった。彼らの父親ヘンリー・ケイルは無から――ニューカースルの貧しい家庭の出身だった――海運事業で財を築きあげた人物だが、死に至るときまで、ジョーディー（ニューカースルなど、英国北部のタイ川流域住民が使う方言）で押しとおし、みずからが属することになった富裕な階級への偏見を持ちつづけていた。子どもたちが遊んでいるあいだも、自分が遊ぶことはなかった。家族が勝ちとった財産に子どもたちが安住することは許さなかった。

ジェニファーは苦々しげに、とりとめなくそのようなことを語った。そういうことなら、子どもたちがカネを稼ぐ道へ進むのをきっぱりと拒否したとき、ヘンリー・ケイルが強いいらだちを示した理由のほとんどは説明がつく、とハロルドは思った。アレックスとその妹はどちらも――一流の大学とアメリカの大学院で学び、世界のどの企業にも就職できる道が開かれていたのだが――その分野においては無能に近かった。そのうえ、ジェニファーは絶えず、役に立たないことをあれこれとかじっていた。大学院の詩の創作講座（父親はその知らせを聞いたとき、娘にわめきたてた）、六歳の幼児たちの調査活動を指導する立場（そのときは、父親はワイングラスを割った）、第三世界債務救済運動を管理する役割（父親は、遺書から彼女の名を削除すると脅した）、そして最終的に、その運動の創始者のひとりである富裕な男と結婚した（彼女には父親の遺産をあてにする必要はなくなったという理由にすぎないにせよ、脅しはすべて撤回された）。ジェニファーはいま、夫の慈善信託基金の運営にあたっていた。

アレックス・ケイルはまちがいなく、その妹よりは意欲的だったが、それでも父親のへンリーを失望させたことに変わりはなかった。彼は嘱望される少年で――機転が利き、数字に強く、すべての科目で優をとっていた。まずい状況になったのは、彼が大学三年生になり、小説を書きあげるために休学したいと父親に頼んだときだった。父親は秘書のミズ・ウィットマンに指示して、アレックスをオフィスから追いだすことで、きっぱりとその会話にけりをつけたのだ。

その数年後、アレックスが書店を開くためにということで借金を申しこむと、ヘンリーは機嫌をよくした。一九七三年当時の、チェルシーの小さな古書店の市場がどれほどのものか、ヘンリーにはろくすっぽわかっていなかったが、なにはともあれ、息子がビ・ジ・ネ・スを始める気になったのだ。ささやかな贈りものに感謝しようではないかというわけだ。その古書店はわずか二十八カ月のあいだしかもたず、インド・レストランに賃借契約が移動し、アレックスがオフィスに使っていた裏手の部屋は、いいにおいの漂う小さな厨房にさっさと改造された。後年、アレックスはそのインド・レストランの前を通りかかるたびに、郷愁と食欲の両方を感じたという。そして、そこでたびたび食事をとった。ジェニファーは、アレックスに連れられて、夫とともにそのインド・レストランへ行ったことを憶えていた（彼らの父親は多忙だったので、同席しなかった）。それはレストランが廃業する夜のことで、その後、そこにはフランスとアジアを折衷したような店かなにかが入居した。アレックスはそのインド・レストランの廃業を、自分の店の廃業以上に残念がっているように見えたそうだ。

彼の金銭的損失は、父親のカネをあてにすることはほとんどなかったものの、その後もつづいた。創刊されたばかりの文芸雑誌や、十九世紀のアンティーク・コレクションへのささやかな投資、そして柳細工家具を製造する職人の弟子をしていたという摩訶不思議な六カ月間。もしだれかがアレックス・ケイルの伝記を書こうとしたら、とハロルドは思った。この最後の一件は、その男の逸話《ナラティヴ》の一般的方向性と一致しないということで、そこに光を当てて、詳細に記述するかもしれない。

それはそれ、ハイド・パークの南側を走っていくタクシーのなかで、葉をすっかり落とした木々をながめながら、ジェニファーの話を聞いていると、アレックスの人生における支配的なナラティヴのテーマはやはり、疑いの余地なくシャーロック・ホームズであったことがわかってきた。アレックスは少年時代にシャーロック・ホームズの虜になり、就寝のとき、ナニーのディアドリに彼の小説を読んでくれとくりかえし頼んでいた。学校に通うようになると、コナン・ドイルについての文章を書くようになり、ついには、わずか二十四歳で〈イレギュラーズ〉の会員となった。彼は人生のあらゆる時期を通じ、《ベイカー・ストリート・ジャーナル》に定期的に寄稿していた。彼の情熱はすべて、シャーロックに向けられていたのだ。

一九八九年、ヘンリー・ケイルが脳動脈瘤で急死すると、その子であるふたりは、非難がましい父親という冷たい鉄柱に結わえつけられた状態から解放されて、疎遠になり始めた。父親から身を守るために、たがいを必要とすることはなくなった。彼らは戦場の塹壕仲間のようなものだったが、敵の爆撃がやむと、かけあうことばが見つからなかったのだ。ジェニファーには夫と慈善事業があり、アレックスにはホームズと終わりのない調査があった。

アレックスがコナン・ドイルの失われた日記の探求に全力を注ぐようになったのは、父親の死後だった。コナン・ドイルの人生を掘りかえすためのシャベルとなる、豊かな遺産が手に入ったのだ。もはや、アレックスの妨げとなるものはなにもなかった。〝やめろ〟と言う者はどこにもいなかった。アレックスが日記を発見し、伝記の執筆を成就すれば、そのときにようやく父親がまちがっていたことが証明されるだろう。父親はアレックスが偉業を成すことを望んでいたが、息子はそれとは異なる分野というだけのことで、実際にひとつの偉業を成し遂げることになる。勝利のみならず、反乱も成し遂げることになるのだ。

ハロルドは、ジェニファー・ピーターズがそこまで詳しく打ち明けてくれたことに驚いていた。とはいうものの、その語り口の奇妙なリズムは当惑を覚えさせるものではあった。彼女はある時期における兄のもっとも深い感情を鮮やかに、痛ましく語り、そのあと、ことばの途中で口をつぐんで、思いを移ろわせ、灰色の冬の空を見あげた。それから一分ほどが過ぎると、また気を取りなおし、兄の幼少期や家族の不和にまつわる事柄を奔流のように語りだした。その話しぶりはハロルドに、彼が育った街を流れるシカゴ川の堰を思い起こさせた——その堰はふだんは閉じられており、水がいっぱいまで溜まると開かれて、何千ガロンもの泥水がミシガン湖から川へ流れこむのだ。

タクシーが、フィリモア・ガーデンに面してひとつづきに並んでいる、似たような外観を持つ三階建ての建物のひとつの前で停止した。建物群の背後から高い木々がそびえたっていて、それらの枝が勾配の急な屋根の上にまで突きだしているのが見てとれた。ハロルドがセバスチャン・コナン・ドイルからもらったカネで料金を支払い、三人はアレックスのフラットへ足を運んだ。

ジェニファーに導かれて彼らが入りこんだのは、一見、カーニヴァルの裏庭を思わせる空間だった。床のありとあらゆるところに、風変わりな玩具や、安っぽい模造の骨董品が転がっていた。銀色に輝くガソジン、装飾用のサーベル、銅製のランプ、用途の知れない薬品の小瓶、ガラスケースにおさめられたリボルバー、超小型の繊細なティー・セット、バンジョー、花が生けられていないさまざまな彩りの花瓶、そして、書籍、書籍、書籍。サイズも形状もデザインもとりどりの書籍があった。きちんと本棚に並べられた書籍、あちこちに雑然と積みあげられた書籍、テーブルトップの端やフットレストの上にあぶなっかしくばらばらに置かれた書籍。ハロルドの目に映るかぎりでは、書籍であれほかの物品であれ、なんの秩序もなくそこにあるように見え——躁病を発症したインテリアデザイナーが装飾を施したようなありさまだった。

廊下から居間、食事室、その先のなにかの部屋へと進んでいくと、部屋ごとに壁紙の色が異なっていることがわかった。黄色、ピンク、紫。そのフラットは全体として、ばかでかい一個のキャンディのように見えた。ウィリー・ウォンカ（ロアルド・ダールの児童小説『チョコレート工場の秘密』に登場するチョコレート工場の工場主）の私的な書斎はこんなふうに見えるかも知れない。

「ワオ」としかハロルドには言えなかった。

「兄の……奇矯さはこの数年でさらにひどくなったみたい」とジェニファーが応じた。

「見てまわってもかまいませんか？」

「どうぞお好きに」ジェニファーが言った。「なにか見つかればいいんだけど」

これほど無秩序なコレクションとなると、組織的な捜索をするすべはなく——ハロルドは、蜜を求めて花粉をまとう蜂のように、行き当たりばったりに歩きまわった。黄色い書斎を探りまわって、ギボンの『ローマ帝国衰亡史』を手に取ってみる。紫の部屋に入りこんで、古びた煙草箱を開けると、外国通貨のコレクションがあった。ドルとクローネ、そして四カ国のペソがすべて、ゴムバンドで束ねて透明のビニール袋におさめられていた。

セイラは別個に捜索していた。それぞれが見つけたものについて話しあうことはなかった——とにかく、ハロルドとしては彼女になにを言えばよいのかわからなかった。どちらかがなにかを見つけたときに、それがなんであるかがわかればと願うしかないだろう。セイラが、猫のような形状をした、塩と胡椒入れのセットを見つけ、それをテーブルの上、四×六インチ・サイズの写真セットのかたわらにきちんと置いた。ばらばらになっていた写真をひとつにまとめる。ハロルドは彼女を観察し始めた。するとすぐに、自分の足もとに散らかっている物品への注意が薄れ、セイラの部屋の捜索の仕方により注意を向けるようになった。彼女は整頓をしているように見えるほどだった。白いダンボール箱のそばにある、結び目が緩んだ青いリボンのところへ行って、リボンを結びなおす。いろんな物品をきちんと置きなおす。ハロルドは自分の足もとのとっちらかったさまを見やった――自分はいろいろな物を取りあげ、それがあっただいたいの場所に置きなおしているにすぎない。自分のやりかたには規律らしきものはまったくなく、なにも考えずに無秩序の増大《エントロピー》を生みだしているだけだった。例の日記でないものはなんであれ、ゴミ扱いしている。対照的に、セイラは乱雑きわまるアレックス・ケイルの部屋に手を入れて、多少はましな状態にしようとしているのだ。

ときおりジェニファーが語りかける声が聞こえるだけの、ほぼ静まりかえった室内で、ふたりは捜索をつづけた。ハロルドかセイラがなにかの物品を――小さな飾り物だの色褪せた記念品だのを――見つけると、ジェニファーが彼女にわかる範囲でその由来を説明する。どこから来たものか彼女にもわからないことがしばしばだったが、その場合も、兄から聞いた旅行の描写をもとに、その由来を推測しようとした。動かなくなった時計は、南米のもののように見えた。アレックスは一九九八年か九九年にそこへ行ったことがあり、ゆえに《エルゴ》、それはアルゼンチンで入手したものにちがいないと判断した。

先に留守番電話に目をとめたのは、セイラだった。一個だけの赤いライトをゆっくりと点滅させている電話機のほうへ、彼女が手をふってみせた。

「あれのメッセージはチェックされました？」彼女がジェニファーに問いかけた。

「あっ！」ジェニファーがぎょっとした顔になる。「気がつかなかったわ」

「わたしがチェックしてよろしい？」セイラが訊いた。

ジェニファーがうなずき、セイラが再生ボタンを押す。カチッと大きな音がし、ついでピーと鋭い音があがった。

「メッセージが一件」アレックスの留守番電話の疑似音声は年配の女性の声で、ひっかかり気味に話しているように聞こえた。「ひとつめのメッセージ。二〇一〇年、一月四日、午後七時四十一分」

それなら五日前だ、とハロルドは思った。〈イレギュラーズ〉夕食会の三日前にあたる。

「ミスター・ケイル、こちらはセバスチャン・コナン・ドイルだ」こんどは人間の声が留守録から流れてきた。ハロルドはつい前日、セバスチャンと話したばかりだったので、雑音が混じるこの録音の声を聞いて薄気味悪くなった。セバスチャンの声は怒りを含んでいた。

「あなたはわたしの弁護士が送付した差止命令書を受けとったはずだ。あなたがわたしから逃げようとしていることはわかっている。手紙に返信しようとしない。電話に出ようとしない。それは、あなたがどこかの屋根裏で見つけたトランクのなかを探って、わたしに属すべきものの権利を得たと考えているからだろう。あなたはろくでなしだ。聞いているな、ケイル？　あなたはいまそこにいて、わたしの声を聞いているんだろう？　恐慌を来してパンツを濡らしながら。よし、よく聞くんだ。もしその日記をどこかへ譲渡したら、あなたは後悔することになる。コナン・ドイルという名を憎むことになるように、わたしが必ずしてやるぞ」

またカチッと大きな音がして、再生が終わった。

17　残虐行為のリスト

「われわれは一貫性に目を向けなくてはならない。それが欠けている部分に欺瞞があると推測しなくてはならない」

――サー・アーサー・コナン・ドイル「ソア・ブリッジ」

一九〇〇年十月二十一日（つづき）

アーサー・コナン・ドイルは、乱雑に置かれた絞殺事件記録の山に顔を伏せて、深呼吸をした。

刑事の仕事がかくも面倒で、退屈なものだとは。

アーサーはこの日の大半を書類調べに費やしてきた。だが、大主教代理法務官事務所では、あの若い修道士が熱心に手を貸してくれたにもかかわらず、重要なことはろくにつかめなかった。ふたりでいっしょに多数の申請書を調べ、夕拝の時刻までがんばったのだが、修道士の記憶をつついて、殺人犯たる花婿の名を浮かびあがらせるようなものはなにも発見できなかった。疲れきり、代理法務官事務所はなんの役にも立たないと得心がいったところで、アーサーは徒歩二、三分で行けるスコットランドヤードへ足を運んだ。ミラー警部補は――ありがたいことに！――不在だったが、名声高いアーサーのことをよく知っている警察官たちがよろこんで助けになってくれた。アーサーは数時間、ヤードの事件記録簿を調べてすごした。だが、過去数年、ロンドンで死体となって発見された若い女の数はおびただしいにもかかわらず、イーストエンドの安宿で、タトゥーをした若い女が白いウェディングドレスをあとに残し、裸の死体となって発見された例はほかになかった。

そこでアーサーは、このおぞましい記録台帳のなかになんらかのパターンを見いだすことができればと考えて、絞殺事件に焦点を絞りこむことにしたのだった。〝モーガン・ネイン〟がそのやりかたで殺害されたのだから、殺人犯はほかの事件でも――いや、きっとほかの複数の事件でも――同じ手法を用いたと推理してよいのではないか？　確信はなかった。犯罪者の精神は一貫性を好むだろうか？　職人はそれぞれのお気に入りの道具一式を用いるものだが、犯罪者がそれと同じかどうかはわからない。革職人は千枚通しを使い、ごろつきは刃物を使う。いや、悪党はたぶん、人殺しをするときは獣のように手当たりしだい、近辺にある道具はなんでも使うだろう。ロンドンの殺人犯たちの頭蓋のなかをのぞきこめる装置があって、ゆがんだ脳髄が彼らをどのように邪悪へ導くのかを見てとることができれば、とアーサーは思った。そのような道具がありさえすれば。

ブーツの底がタイルを打つ足音が、そしてソーサーの上でティー・カップがカタカタいう心地よい音が、聞こえてきた。書類の山から目をあげると、アーサーのためにティーを運んできてくれた若い警察官の姿が見えた。角張った顔の、いかにもその道のプロフェッショナルらしい警察官の姿を目にするのは、気分のいいものだった。

「ティーはいかがでしょう、ドクター・ドイル？」と警察官が言い、デスクにトレイを置いた。

「ありがとう」散らかっていた書類を整理しながら、アーサーは言った。

若い警察官は、なにか指示を受けるのではないかと思って、ちょっとためらった。だが、なんの指示もなかったので、きびすを返し、アーサーがこの夜、借りきることになった広大なオフィスのドアへ足を向けた。少し前に宵闇が降りてきて、窓ごしにアーサーにも見てとれる夜空が、ニュー・スコットランドヤードの建物をさらに巨大に、さらに静謐に感じさせるようになっていた。

「おまわりさん！」アーサーは若い警察官に呼びかけた。「おまわりさん……？」

「ビンズです。フランク・ビンズ」警察官がアーサーのデスクのほうへひきかえしてきた。

「きみは殺人犯に出会ったことはあるかね？」

警察官フランク・ビンズはちょっと間をとって思いかえしてから、口を開いた。

「二、三度あることはたしかです。つい先週も、パブでけんかをした男をひっとらえました。その男は鉄道員だったと記憶しています。別の鉄道員と殴り合いをし、ビターズのパイントボトルでそいつの頭をぶん殴って、死なせてしまったんです。あれはひどい光景でした」

「うん、そうだろう」そういう話を聞きたかったのではないと不満を感じつつ、アーサーは言った。「しかし、真正の殺人者を取り扱ったことはあるのかね？　生まれついての邪悪なやつに？」

「それはどういう意味でしょう？」

「つまりその、わたしはいま、ふたりの――最少でもふたりの――若い女を冷酷に殺害した男を探している。そいつは計画的にやってのけた。そうするつもりで、事前に準備をしていたんだ。そのようなやりかたで哀れな女を殺害するのは、どういった種類の男なんだろう？」

警察官ビンズは自分も椅子にすわってから、その問いに答えた。

「ちょっと脱線してもよろしいでしょうか？」

「かまわんとも」椅子をデスクから少し押し離しながら、アーサーは言った。

「ぼくはドーセット育ちでして」と警察官ビンズは切りだした。「当時、そこにショーン・ラニーという友だちがいました。じつは、ラニーというのは本名ではなく、ぼくらが少年のころ、彼がいつも――冬でも春でも夏でも秋でも――鼻水を垂らして《ラニング》いるのを見て、つけたニックネームなんです。それはさておき、ある年、あの一帯で羊殺しが続発しました。だれもが武装するようになりました。それが六カ月ほどつづいたんです。不可解でした――何者かが夜に平原を渡ってきて、みんなが飼育しているボーダーレスター羊の脚の血管を切り裂き、羊が失血死するまでそこにとどまっているというのは。母親たちは、謎の羊殺し犯が対象を人間に変えるのではないかと恐れて、わが子を終日、家から出さないようにしていました。長い話なので、いきさつは省きますが、最終的には当局がそいつを犯行の最中に逮捕し――なんということか、羊を殺していたのはショーン・ラニーだったことが判明したんです。ショーンが！　彼に手錠がかけられました。ぼくは、彼が連行されていくまでのあいだに一度だけ、会いました。そして、彼があんなことをやった理由を尋ねました。〝なぜ羊たちを殺したんだ、ショーン？〟と問いかけたんです。すると、彼がどう答えたとお思いになります？」

「わからないね」とアーサーは応じた。

「彼はぼくの目をまっすぐのぞきこんで」警察官ビンズがつづけた。「こんなふうに、困惑した顔になったんです。そのことを考えているような、ひどく真剣に考えているように見えました。そしてやっと、謎を解くのをあきらめたように、こう言ったんです。〝わかんない、フランキー。おまえはおれがなぜあれをやったと考えてるんだ？〟」

どう応じればよいものか、アーサーにはわからなかった。そこで彼は沈黙を保ち、身動きもしなかった。

「要は、〝なぜ〟にこだわってはいけないということです、ドクター・ドイル。なぜひとが悪事に手を染めるのかは、だれにもわからないのでは？ 人間の頭のなかを見通すすべはないということです」彼は頭蓋骨の厚さを示すような感じで、自分の頭を二度こつんとやった。「どうせなら、〝どのように〟を考えることに時間をふりむけるのがよろしいでしょう。それと、〝だれが〟に」

警察官ビンズがコツコツと床を踏み鳴らして立ち去ったあと、アーサーは何分ものあいだ、ティーをすすってすごした。ティーはひどく——薄くて、冷めていた。アーサーはトレイをわきへ押しやり、事件記録を分類して、いくつかの山に分けていく作業を再開した。

刺殺された若い女たち。射殺された若い女たち。溺死した若い女たち。絞殺された若い女たち。

一九〇〇年十月二十四日

アーサーにはいろいろと選択肢があった。殺人事件の記録を調べることで、ひとつの分類集ができあがっていた。結婚した直後、セント・ジェイムズ・パークで刺殺された、ティーショップの若い女。大学の学寮の近辺で馬車に轢き殺された看護婦。ケンジントンでは、女性家庭教師が強盗にあって殺害された事件が、一件ではなく二件。恐怖のチョコレート箱から中身を選り分けているような気にさせられた。

いくつもの興味深い可能性のなかから、アーサーは若い女が絞殺された事件に焦点を絞ることにした。そこで、ヤードに行ったあとの数日間、彼は気の滅入る調査行をつづけてきた。被害者たちの家族や住まい、被害者たちが殺された場所を訪れてみた。そのつど、いくつかの同じ質問をした。〝失礼ですが、こちらのお嬢さんは死の直前に結婚なさっていた?〟。〝傷口に塩を塗るつもりはないのですが、もしかして、遺体のそばにウェディングドレスがあることにお気づきになったとか?〟。〝申しあげにくいことですが、妹さんの遺体を発見されたとき、彼女が裸だったということは?〟。

それはアーサーに、医師であったころにしていた往診を思い起こさせた。それぞれの寝室という内密な場所で、いくつかの同じ質問をしたものだ。〝きょうのおかげんはいかがでしょう?〟。〝食欲はありますか?〟。〝まだ歯が痛いのですか? ははあ、ミセス・ハリントン、率直に申しあげましょう。お出ししたコカイン・ドロップを服用されましたか?〟。いまの自分が相手にしている犯罪者たちに、ああいう問診をしてみたい気分だった。

面談を終えるつど、アーサーはリストに載せた若い女たちの名をひとつまたひとつと消していった。ほんの数日で、もっとも可能性の高い事件のすべてを除外することになった。そこで彼は、可能性の低い選択肢を探ることにした。街路で発見された死体。無名の娼婦が殺害された事件。年老いた婦人が衰弱し、偶発的に自分のベッドの枕で窒息死したと思われる事件まで調べてみた。

選択肢のすべてが尽きようとしていた、つぎの金曜日、彼はイーストエンドに舞い戻ることになった。三カ月ほど前、ホワイトチャペルに近いワトニー・ストリートの裏道で若い女の死体が発見されていたのだ。その死因は、検死官報告書によれば、不明となっていた。若い女は気管を切り裂かれていたが、全身が傷だらけになっていたため、致命傷となったのが頸部の損傷なのか、青白い死体のいたるところをどす黒い青に変じた打撲傷や、深い赤に変じた刺し傷のどれかがそうであったのか、判別するのは不可能だった。その死体は、完全に着衣した状態で発見された。スコットランドヤードの記録には、若い女の所持品のなかにウェディングドレスが含まれていたという記述はなかった。しかし、女の名は判明していた。サリー・ニードリング。善良な女であったという。両親は彼女を行方不明として届け出ており、遺体が送られてくると、ひと目で自分たちの娘であることを確認した。住まいは現場からかなり遠方にあたるハムステッド。年齢は二十六歳で、未婚女性としての人生を楽しみ、まだ両親と同居していた。一家の暮らし向きはよかった。ちょっとした土地持ちだった。父親は法廷弁護士。娘がいかがわしい女でなかったことはたしかだ。それだけでなく、両親がヤードに述べたところでは、彼らにはいくら考えても、娘がホワイトチャペルにいた理由がわからなかったのだ。

アーサーは、ワトニー・ストリートの裏道を見つけだした。そして、その陰気な細い裏道を調査してみた。奥のほうから気色の悪いにおいが漂ってきた。裏道に二、三歩、入ったところで、その悪臭のみなもとがわかった。道の片側に精肉業者《ブッチャー》の店があり、店の裏手にあたる戸口の外に、半分に切り分けられた子豚や牛の肉がぶらさがっていた。腐敗しないうちにどこかへ搬送される予定になっていればよいのだが、とアーサーは思った。ほの暗いなかで裏道を見てみると、その先はにぎやかな往来に通じているようだった。アーサーは、ワトニー・ストリートを行き交う馬車の音を背後に聞きながら、裏道のいちばん奥へ歩を進めた。出たところはまちがいなく公共の場所で、〝モーガン・ネメイン〟が最後を迎えた安宿の、ドアが閉じられた小部屋の並ぶ廊下とは大ちがいだった。

ここであのようなことはまずありそうにない、とアーサーは悟った。この裏道で若い女が首を絞められたら、かなり大きな騒音があがって、表通りにいるひとびとに聞こえてしまうだろう。この裏道でどのような悪行がなされたにせよ、それは目下の事件の謎とはまず無関係なものにちがいないという感触があった。

それが見えたのは、アーサーがそんなことを考えながら目をあげたときだった。裏道を横断するかたちで掛けられた紐に、衣服がずらりと並んでいたのだ。紐は、裏道の東側の建物の窓と、それに向かいあう左側の壁面のフックにひっかけられていた。さまざまな種類の衣類が紐からぶらさがっている。ウールのズボン、色鮮やかなシャツブラウス、袖が羊の脚の形状をしているジャケット、濡れた白シャツ、考えうるかぎりありとあらゆる種類のかたちとサイズのソックス。なんと奇妙な取り合わせであることか！

アーサーはいったん裏道を出て、そこから、裏道の東側にある建物の玄関階段を見やった。そこの窓から、衣類のぶらさがった紐がのびているのだ。その四階建ての煉瓦造りの建物は住居であるらしく、なんの看板も出ていなかった。だれかの私邸であるように見えた。それにしては、あれほど多数の衣類が外に干されているというのは。

アーサーはそのドアをノックした。なかからはなんの物音も聞こえない。アーサーはふたたびノックした。ようやく、年老いた女が戸口に出てきた。女は――ひしゃげた鼻と、くぼんだ目、口の両側にはいつもしかめ面をしているようなしわが刻まれていて――卑しい顔に見えた。

「なんなの？　なんのご用？」女が噛みつくように言った。

「失礼、ご婦人」アーサーは言った。「こちらはあなたのお住まい？」

「いいや、旦那、ここに住んでるのは〝女王様〟でさ。いまはなかで雑用をしてるところだったんだよ」

アーサーは、女の皮肉な物言いに動じはしなかった。

「ひと晩、頭を休めてやる場所が必要なんだ」と彼は応じた。「手ごろな料金で宿泊と食事をさせてもらえないかね？」

女が、白昼の街路を行き交うひとびとのなかにだれかの姿を探し求めるように、街路の左右を見やった。

「なにを聞いたんだい？」女が問いかけた。

「すまないが、なにを言いたいのかよくわからない」

「ここに来たらベッドにありつけるとあんたに教えたのはだれ？」

「だれでもない。ここを通りかかったら、この瀟洒な家が目に入り、ここならおおいにもてなしてくれそうに思えたというわけだ」

「ときどき、ふりの客に部屋を貸すことはあるよ」女が言った。「信用できそうな人間に見えたらさ。あんたはまずまずよさそうな感じだね」

女は身を転じて、アーサーをなかに入れた。

「ここには何部屋あるんだ？」彼は問いかけた。

「お行儀よくしてくれるんなら、空き室をひとつ貸してもいいけど、あんたが気にするのは自分の部屋のことだけにしとくんだね」

アーサーは、女のふるまいにはひどく妙なところがあると思ったが、なにも言わずにおいた。調査が進みだしたのだ。

女が彼を案内して、厨房を通りぬけ、長い廊下へ出た。屋内は静かであるように、というか、少なくとも前に訪れた安宿の内部よりははるかに静かであるように思えた。廊下に沿ってさまざまな部屋が並んでいた。アーサーは廊下を通っていくあいだに、ドアが半分ほど開いている部屋をのぞきこんで、寝室がふたつと、屋内水洗便所がひとつあることに目をとめていた。廊下の突き当たりに、主寝室とおぼしき部屋があった。そのドアは大きく開いていて、昼前の日射しがなかを照らしているのが見えた。その部屋に近づいたところで、女が左へ身を転じ、長くて狭い階段を二、三歩のぼりながら口を開いた。

「あんたの部屋は上だよ。一階は満室なんでね」

アーサーは階段の下に来ると、右を向いて、明るい寝室をのぞきこんだ。白のシーツと青の毛布できちんと整頓された、大きなベッドがあった。婦人用のサイドテーブルの上に、石油ランプがひとつ。部屋の奥にある小ぶりのクローゼットは開いていて——いや、そもそも扉というものがなかった——使われていないハンガーが二本、壁からぶらさがっている。暗い階段のほうへ目を転じる寸前、アーサーはクローゼットのなかにあるものを見分けていた。この大所帯の掃除婦をしているあの女のものであるらしい、黒ずんだ衣類がいろいろとあった。裂けたドレスや、うすよごれた腰当て《バッスル》の数かず、そしてまばゆい白のウエディングドレスが一着。

アーサーは階段の下で立ちどまった。ふりかえり、扉のないクローゼットをもう一度見やる。このさもしいホワイトチャペルの掃除婦が、あのドレスでいったいなにをしようとしているのか？　アーサーは女を追って階段をのぼるのをやめ、そこに立ちつくした。

「あれをどこで手に入れたんだ？」アーサーは穏やかに問いかけた。

女がふりかえる。とまどったように見えた。

「手に入れたって、なにを？」

「あなたの寝室らしき部屋に、真っ白のウェディングドレスがあるだろう。失礼なことを言ってすまないが、あれはあなたが着るには小さすぎるんじゃないのかね？」

女の顔に疑惑の色が浮かぶ。

「それがあんたにどうだと言うの？」怒りを含んだ声で女が問いかけた。

その瞬間、アーサーは、この場合はまた嘘をつくより、真実を明かしたほうが好都合だろうと判断した。

「わたしの名はアーサー・コナン・ドイル。モーガン・ネメインが殺害された事件の捜査をしてきて、いまはサリー・ニードリングが殺害された事件の捜査もしている」

「で、それがあたしとどう関係するっての？」

「サリー・ニードリングは殺害された夜、ここに宿泊していたのではないか？ 彼女はこの客のひとりだっただろう」

女がアーサーの凝視を受けとめ、そのまま秒が刻まれる。どちらもまばたきをしなかった。女がぎゅっと眉をひそめ、うなるような低い声で応じた。

「出てって、この腐れ魔羅！」

「彼女の死体がこの下宿屋から裏道へ運びだされたのはどうしてなんだ？　あなたが殺したとは考えられない――やったのは男だろう。しかし、それが起こったとき、あなたはここにいたはずだ」

「あんたがだれだろうが、ここに来た用件がなんだろうが、知ったこっちゃないさ。ドアはあっちだよ。あそこから出てって」

アーサーとしては、なんとしてもこの女にしゃべらせる必要があった。戸口で感じたこの女の奇妙なところが思いだされた。女はこの下宿屋が内密の場所であるかのようにふるまっていた。この家のなかで自分がやっていることを、だれにも知られたくないと思っているかのように。

「あなたは近辺にいるだれかの意思に逆らって、ここに客を泊めているのではないか？　そのだれかはこの街区に足繁く訪れる人物だろう。ふむふむ、それは……」アーサーは視線を外し、両手をごしごしこすりあわせながら、もっともありそうな可能性を考えてみた。

女は、アーサーの正義の追求などはなんとも思っていないように見えた。もっと強く出なくてはならないだろう。

「この家は大きすぎるのではないか」彼は言った。「あなたのような女の持ちものにしては？　その指に指輪はない……この家の持ち主はあなたではないんだろう？　あなたはだれかに雇われてこの下宿屋の管理をし、そのかたわら、週に何シリングか余計に稼ごうとして、空き部屋をふりの客に貸している。だが、この家の持ち主があなたのやっていることに気づいたら、そのささやかな副業はやめさせられることになってしまう。そうではないか？　もちろん、わたし自身がその男に告げ口をすることにはしたくないと思ってるが」

アーサーはロングコートの乱れを直して、ぐいと胸を張った。

「カネを返すつもりはないわ」長い時間がたったあと、女が言い、観念して白状する気になったらしく、沈痛な面持ちになった。

「カネを返すとか返さないとかなどは、どうでもいい」アーサーは言った。「とにかく、ここであなたと殺された若い女のあいだにどんな秘密があったのかを知る必要があるんだ」

「あたしゃ殺しちゃいない！」

「わかってる」アーサーは言った。「だれがやったのかね？」

「ひどくすばやく入りこんだもんで、よく見えなかったんだよ。あの若い女といっしょに入ってきた——サリーと言ったっけ？　彼女があのドレスを着てたんだ。あんなドレスを最後に見たのは、いつのことだったかね？　光が当たると、電気みたいにきらきら輝いて。男は黒のコートに黒の帽子という格好で、ふつうじゃないところは特になかった。つねに顔をかなり伏せて、目を隠してた。部屋代を払ったのは女のほうでね。あたしはふたりを二階へ案内した。それがすべてさ」

女が階段にすわりこんで、胸が膝につくほど身をかがめ、両脚をかかえこむ。アーサーには、繭《まゆ》ごもりをしようとしているように見えた。

「まあ、それがすべてだと思うよ」女がつづけた。「翌朝、あたしは、朝食が入り用かどうかを訊くために、その部屋に行った。かゆ《ポリッジ》をつくってたし、お向かいの精肉屋でハムも買いこんでたし。返事がなかったんで、あたしはドアを開けた。彼女が……つまりその、あの女が、彼女が……。そしてあのドレスが、ゴミみたいにくしゃくしゃになって、部屋の隅にあって……ちきしょう」

階段が暗いので、女が泣きだしたのかどうかはアーサーにはわからなかった。おそらく泣いているのだろう。

「あなたがサリーの死体を発見したんだね」アーサーは言った。「彼女は素っ裸だった。首を絞められていた。男は消えていた。ドレスは死体のかたわらにあった」

女はなにも言わず、うなずくだけだった。最初は一度、そして、アーサーと同じく自分も真実を確認しようとするように、何度もうなずいた。

「あれ、とってもきれいなドレスじゃない？」女が言った。「あんなの、前に見たことある？」

「捨てるのは忍びなかったということか。警察に持っていかれるのもいやだったと。あなたはこう考えた。そのうちだれかに売ってもいいし、自分のために取っておいてもいい。あれほどのドレスだから、かなりの値打ちがあるだろう。そこで、あなたは自分のクローゼットのなかに隠した。しかし、死体はなんとかする必要があった。そうではないかね？」

女が、こんどはまちがいなく泣きだした。アーサーは階段を二、三段、足を踏みしめるようにして、ゆっくりとのぼっていった。ポケットからハンカチを取りだして、女に手渡す。女がそれを使って、頬に垂れた涙をぬぐった。

「あなたは死体を運びだし、家のすぐそばの裏道に捨てた。この階段を運びおろすときは転がしたにちがいない――彼女は重かったのではないかね？　転がされた死体はすべての段にぶつかりながら落ちていったはずだ。そのようなわけで、警察が発見したとき、死体は傷だらけになっていた。あなたには、裸の若い女の死体は服を着ている死体より警察の興味を引くことがわかっていた。それで、あのようにしたのだね？　自分のクローゼットからスカートだのなんだのを取りだし、それを死体に着せたのではないか？　あのすてきなドレスの代わりとしては、引きあわないように思えるが」

女は膝のあいだに顔をうずめて、泣きつづけていた。アーサーは、かたわらにすわって、手をさしのべてやりたい気分になった。だが、この狭い階段にそんな余地はない。やむなく、アーサーはその前に立ち、よごれた靴を涙で濡らしている女を見おろした。

「あのドレスはあなたが持っていてよろしい」そう声をかけて、彼は階段をくだった。

「それと、そのハンカチも」

18　読書の楽しみ

……つまるところ、センセーショナルな展開となるであろうことは疑いようがない。
――サー・アーサー・コナン・ドイル「ノーウッドの建築業者」

二〇一〇年一月九日（つづき）

アレックス・ケイルの留守番電話が再生を停止すると、ケンジントンのフラットの室内に沈黙が降りた。ハロルドは、この事件捜査の〝主任刑事〟として、自分がなにかを発言する義務があると感じた。

「そうか」彼は言った。「こんなことがあったのか」

「あれはいったいなんなの？」ジェニファーがいぶかしむように言った。

「過剰反応は慎みましょう」

「だれだったかわかるの？　あの男を知ってるの？」

「ええ。事実として、ぼくは彼のために働いているようなものなので」ハロルドは、ジェニファーの驚愕と恐怖の顔を目にするはめになった。

「彼の名はセバスチャン・コナン・ドイル」セイラが口をはさんだ。「彼はあなたのお兄さんに公然と論争を仕掛けていたんです」

「彼がアレックスを脅していたことは、ぼくらも知っていました」ハロルドはことばを足した。「といっても、怒りをこめた手紙を送りつけるというような法に適ったやりかたで。彼がほんとうに、なんと言いますか、殺してやるみたいな感じで、アレックスを脅していたとは思えません」

「すわりましょう」セイラが言った。「ちょっと間をとったほうがいいでしょうから」

三人はすわり、それから十五分ほど、ハロルドとセイラは、セバスチャン・コナン・ドイルと彼がアレックスに仕掛けていた論争に関して、自分たちが知っていることを洗いざらい説明した。怒りをこめた手紙のやりとりがあったこと、アレックスが尾行されていると危惧していたことを話し、自分たちはセバスチャンのカネでロンドンに来たことも打ち明けた。といっても、とハロルドは急いで付け足した。自分たちはその論争に関して彼の側についているのではない。自分たちは真実を究明したい、そして例の日記を発見したいと思っているだけなのだと。

ジェニファーは納得できないように見えた。彼女が、薄暗い部屋を手探りで歩くときのように、両手をゆっくりと持ちあげ、掌をハロルドのほうに向けて、話を制した。

「黙って」彼女が言った。「簡潔な答えがほしいの。あなたは、わたしの兄を殺したのはセバスチャン・コナン・ドイルだと考えているの？」

ハロルドは一瞬、セイラと視線を合わせた。すると、セイラはごくかすかにほほえみ、そちらにお任せといった感じで、軽く顎をしゃくってみせた——これはあなたのお役目よ。

「どうでしょう」長い間を置いてから、彼は言った。「彼がもっとも有力な容疑者であることはたしかです。でも、最初のもっとも有力な容疑者が真犯人であることはめったにありません。これがコナン・ドイルの小説だとすれば、セバスチャンは誤誘導《レッド・ヘリング》のひとつということになるでしょう」

ジェニファーの顔に、そんな分析はあまり意味がないと言いたげな表情が浮かんだ。

「ちょっとこのように想定してはどうかしら、ミスター・ホワイト。これはコナン・ドイルの小説ではないと。この事件は、あ、これはたんに議論のためだけど、現実の世界で、現実の人間に降りかかったことと想定してはどうかしら？ それなら、あなたはセバスチャンのメッセージを警察に知らせるべきだと考えるんじゃない？」

「ええ、おっしゃるとおりです。あのメッセージを警察に知らせるべきだというのは。ですが、あなたがそれをした場合、ぼくらがこんなふうにここにやってきたことについては黙っていてもらえますか？ 洗いざらいお話ししたことについても？ ニューヨーク市警（NYPD）はぼくに、なんと言いますか、本国を離れないようにといったような要請をしたんです。いや、ちょっと待ってください。ぼく自身が容疑者だとかどうだとかと思われているわけではありません。なんにせよ、あなたのご意見には一理あります。誤解を招くつもりはなかったんですが——」

「ハロルド」セイラがさえぎった。「ひとつ深呼吸をして。当初の思考の線に戻って。なぜあなたはアレックス・ケイルを殺したのはセバスチャンではないと考えているのか？」

「そのわけはいろいろとある。第一に、それをしようとする理由があるのか？　たしかに、カネは大きな理由ではある。しかし、アレックスが殺されたいま、だれに日記を売ることができるのか？　それが盗まれたものであることはだれもが知っている。そして、日記に関心とそれを買えるほどのカネを持っているコレクターはみな、アレックスが殺されたホテルに宿泊していた。しかも、彼らはみな、アレックスを殺したのはおそらくセバスチャンだとも考えていた！　彼らがセバスチャンから日記を買うことはけっしてないし、それどころか警察に通報して、ヒーローを演じようとするだろう。そう考えると、第二の理由につながってくる。もしセバスチャンがアレックスを殺そうとしたら、彼はなんとしてでもそれを隠そうとしたのではないだろうか？　ひとを殺す計画を立てた人間が、犠牲者の所有する電話に脅迫の声を残しておくなどということをするものか？　セバスチャンはいやなやつだけど、ばかじゃないんだ。そこで、第三の理由が浮かびあがってくる。彼はどのようにやったのか？　あのホテルは、ロビーに監視カメラを設置していた。彼は、あの夜にあのホテルを訪れたことはないと主張している。もしNYPDがカメラの記録テープに彼の顔を発見していたら、彼はすでに逮捕されているだろうから、ぼくらの耳にもそのことが届いているはずだ。そして、彼はどのようにしてアレックスの部屋に入ったのか？そのドアに、こじ開けられた形跡はなかった。アレックスが自発的にドアを開けていたんだ。しかも、三度も。だれが殺したにせよ、そいつは彼の知り合いだった。もし彼が、本人が言っていたように、尾行されているという妄想をいだいていたとすれば、どうだっただろう。いや、ぼくはそれを言う彼をこの目で見て、そうだったと知っているんだ。だとすれば、彼がセバスチャン・コナン・ドイルを笑顔で自分のスイートに迎え入れようとするだろうか？　わざわざ熱いアールグレイをカップに注いで、ミルクを垂らし、その男にさしだそうとするだろうか？　それだけじゃなく、まだ四つめの理由がある。あの血で書かれたメッセージは？　殺害の凶器に使われた靴紐は？　その点を考えてもなお、あなたがたはほんとうにセバスチャンが犯人だと思うのか？　もし彼がだれかを――はっきり言えば、ぼくのようなシャーロッキアンのだれかを――はめるためにそういう手がかりを残したのだとすれば、ひどくへたくそなやりかただったとなるんじゃないだろうか？　別のだれかを犯人に仕立てようとたくらんでいたとすれば、自分が唯一の容疑者になるようなことをするのはおかしい。暗い街路の隅で射殺して、日記がおさめられているスーツケースをアレックスの手から奪いとり、通りすがりの強盗の仕業に見せかければよかっただろうに、なぜそうしなかったのか？　ロンドンのこのフラットの部屋に侵入して、日記を盗みだし、押し入り強盗団の犯行に見せかけてもよかっただろうに、なぜそうしなかったのか？　もしセバスチャンがやろうとしたら、やりかたはほかにいくらでもあっただろう」

大きくひとつ〝ふうっ〟とため息をついて、ハロルドはひとり語りを終えた。ふだんは青白いふっくらした頬が、赤くほてって張りつめていた。セイラとジェニファーがそろって、仰天したような目で彼を見つめている。

「びっくりするほど首尾一貫してた」ようやくセイラが言った。

ハロルドはしばらくぎゅっと目を閉じたあと、いまのそのことばはたいした助けになりそうにないと感じたことが伝わればと思って、彼女をちらっと見た。

「ミスター・コナン・ドイルがあなたを雇った理由がわかったわ」またしばらく沈黙があったあと、ジェニファーが言った。

ハロルドには、彼女がお世辞を言ったのかどうか判断がつかなかった。

「ミズ・ピーターズ」彼は切りだした。「あとひとつ、あなたに質問したいことがありまして」

「ひ、ひとつ？」ぼそっとセイラがつぶやいた。

「この部屋に置かれているすべての書籍のなかに、アーサー・コナン・ドイルによって書かれたものはただの一冊も見つかりませんでした。アレックスが人生を懸けた偉大な仕事、コナン・ドイルの伝記にまつわるメモや参照文献のたぐいも、なにひとつ見つからなかったんです。彼が日記の原本をニューヨークへ携えていった理由は理解できますが、彼は二次的資料のすべてをも携えていったのでしょうか？」

「いいえ」とジェニファーは答えた。「彼は執筆室に残していったでしょう」

「執筆室？」

「ええ。兄はこのブロックを行ったところに執筆室を持っていて、そこで仕事をしていたの。住まいに使っているのと同じ場所で書きものをするのをいやがってた。閉所恐怖というか、どこかに閉じこめられているような気分になるからって」

「では、ここの書斎にある大量の書籍と、あの大きな木のデスクはなんのために？　あそこが仕事部屋ではないんですか？」

「あそこは読書室。彼がどう呼んでたかは憶えてないけど、読書を楽しむ部屋だったの。とにかく、シャーロックにまつわるものはすべて、執筆室にあるはずよ。このブロックを行ってすぐのところ。よければ、いまからそこへ行きましょうか」

ジェニファーがぶあついコートを取りに行っているあいだに、ハロルドが上着のボタンを留め直していると、セイラがジェニファーの耳には届かない小声で彼にささやきかけてきた。

「たんなる確認」とセイラは言った。「あなたのお仲間には乱雑強迫症のようなものに取り憑かれてるひとは、ひとりもいないのね？」

アレックス・ケイルの執筆室は、実際、徒歩でもすぐにたどり着けた。北へ歩いて、つぎのブロックにあったのだ。ハロルドには、その共同住宅の建物はアレックスの別のフラット、〝書きものをしない〟フラットとそっくりのように見え——病的で無意味な出費であることを際立たせるものとしか思えなかった。

玄関前の階段をのぼりきり、ジェニファーがバッグを探って鍵を探しているあいだ、ハロルドは真っ昼間の共同住宅が立てる物音に耳を澄ましていた。彼女がお決まりの私物のあれこれを——黒の四角い化粧品ケース、丸いコンタクトレンズ・ホルダー、湾曲したスチールの睫カーラーなどを——わきへよけ、またそれらをもとに戻して、さらにバッグのなかをひっかきまわす。ハロルドは手伝いを申し出ようと考えたが、女性のハンドバッグのなかを探りまわす手伝いを申し出るのは不作法かもしれないと思って、迷っていた。こんな状況でどうすればよいものか、判断がつけられなかった。

だが、ハロルドがなにも言えずにいるうちに、ドアが自動式のように大きく開いた。なかから、革のバッグを携えた男が現われ、ジェニファーを通すために、開いたドアを礼儀正しく押さえた。見たところ、その男は若かったが——三十代の前半だろう——ひたいの髪の生え際が、中央部はまだ眉毛につながりそうなほどしっかりと残っていたが、両側がすでに後退していた。ルーズなジーンズはよごれていて、青いペンキが点々とついている。地味な灰色のセーターを着て、手入れしていない山羊ひげをぼうぼうにのばしていた。

ジェニファーが男にほほえみかけ、男に代わって自分がドアを手で押さえると、相手は笑みを返して、なにも言わず玄関前の階段を駆けおりていった。

「わたしも山羊ひげは嫌い」三人が建物のなかへ入ったとき、セイラが彼の心を読んだかのようにそう言った。「ふつうの顎ひげにするか、ひげなしにするか、そのどちらかよね？」

アレックスの執筆室にたどり着くころには、ジェニファーはなんとかバッグのなかから、リングに通したしかるべき鍵束を見つけだしていた。が、2L号室の前でそこのキーをかざしたとき、彼女はそれが必要ないことを悟って、はたと動きをとめた。ドアがすでに半分ほど開いていたのだ。

獣のあぎとが彼らを食らおうとして、大きく開いているかのように見えた。

「ハロー？」不安のにじむ声でジェニファーが呼びかけた。「ハロー？」

反応がない。

「だれかなかにいるの？」

ハロルドは助け船を求めてセイラに顔を向けたが、彼女の目は開かれたドアを見つめていた。

セイラが自分自身にうなずきかける――これはわたしの役目と。彼女がハロルドには目もくれず、足を踏みだし、ドアを完全に押し開けた。明るいフラットの部屋に入りこむ。

そこは、アレックスが宿泊していたニューヨークのホテルルームをしのぐ惨状を呈していた。大きな窓から入りこむロンドンの日射しが、一面に散らばった書物を照らしている。すべての書籍がもとあった本棚から床に落下していたのだ。カウチのクッションがすべて放りだされ、その裏地が切り裂かれている。白いダウンなのかなんなのか、とにかくカウチのクッションに詰めこまれていたものが、雪片のように撒き散らされていた。部屋に入りこんだハロルドは、書物が抜きとられてあらわになった木製本棚の内側の部分が、何年も日射しを受けずにきたために、外側の部分より色が明るいことに気がついた。中央のリヴィングルームに接してタイル敷きの簡易台所《キチネット》があり、そこもまた惨状を呈しているのが見えた。多数の割れた皿が床に散らばり、白いタイルの上でスプーンやフォークなどの銀器が光っている。リヴィングルームの反対側に置かれているデスクの抽斗がすべて開かれ、そのいくつかは抜きだされてしまっていた。インク瓶がひっくりかえり、こぼれたインクがデスクの上を青く染めている。

ジェニファーは恐怖のあまりなかに入れず、戸口に立ちつくしていた。セイラがすばやく部屋のなかを端から端まで歩きまわった。

「だれもいない」彼女が言った。

ハロルドは、デスクの上から床へ滴り落ちる青いインクを見つめた。まだ乾いていない。いまも滴っている。

「あの山羊ひげ！」答えがひらめいて、ハロルドは叫んだ。あの男のジーンズについていた青い点々はペンキではなかった。インクだったのだ。

彼はジェニファーのかたわらを走りぬけて、廊下に出ると、階段を二段とばしで駆けくだった。建物の玄関ドアを勢いよく押して、開く。だが、それは徒労に終わった。背後でドアが閉じる音を聞きながら、長い街路を見渡してみたが、人影ひとつ見当たらなかったのだ。

19　砕けたヘアクリップ

「人生という無色の糸かせに殺人という緋色の糸が混じりこむ。ぼくらの仕事は糸かせを解きほぐし、緋色の糸を抜きだして、端から端まであらわにすることだ」
——サー・アーサー・コナン・ドイル『緋色の研究』

一九〇〇年十月二十七日

ニードリングの家族が住んでいるのは、ウェストハムステッドのとある丘のふもとに建つミルヘッドと呼ばれる大邸宅だった。大地からのびあがる太い白の列柱が、天に向かって放たれる矢のごとき鋭角をなす屋根を支えていた。列柱の手前に、控えめにしつらえられた低い生け垣があり、いまはなにも植えられていないふたつの花壇が左右対称に並んでいる。遠方へ目をやると、そこは赤みを帯びた岩の露頭が雲に覆われた地平線までつづく、ごつごつしたヒースの荒れ地だった。

アーサーは前日のうちに、この訪問を知らせていた。最初は、自分で電報を用意した。

サリー・ニードリングの父親に面識はないので、〝拝啓〟といった調子の書き出しにし、自分の身元と、〝この悲劇〟に関わることになったいきさつだのなんだのを説明し、ウェストハムステッドにあるその男の自宅を訪ねる許可を得ようと思ったのだ。が、そのあと、いきなりそのような文書を送りつけるのはまずいだろうと考えなおし、警察に口利きをさせるべく、ふたたびヤードへ急行した。こういう微妙な事柄は当局の手に委ねるのが最善だろうと感じたのだ。ミラー警部補がサリーの父親、バートランド・ニードリングと連絡をとると、相手はすぐ訪問に同意した。アーサーはこの朝の訪問について、短いが丁寧《ていねい》な手紙を送って、ミスター・ニードリングが時間を割いてくれたことに謝意を示し、キングズクロス駅午後四時五分発の列車で向かうことを知らせておいた。サリーに関する直接的言及はせず、彼女が殺されたことにも、俗悪なイーストエンドの〝宿屋〟の奥にある寝室のクローゼットに白いレースのウェディングドレスが吊されていることにも触れなかった。

アーサーは、玄関ドアの重い青銅製ノッカーをたたいた。家のなかにその音がこだまするのが聞こえてくる。少し待ったところで、召使いが戸口に出てきて、アーサーをなかに通した。家族は彼の到着を心待ちにしていたようだ。

家族との面談は、ささやき程度に声を押し殺しての張りつめたものになった。バートランドとクララのニードリング夫妻が応接間の一方の側にすわり、サリーの兄弟ふたりはその部屋から出ていった。どこへ行ったかは、アーサーにはわからなかった。ふいに奇妙な沈黙が降りるために、途切れ途切れの会話となった。短かった娘の生涯の側面を語っている最中に、ニードリング夫人が思考の脈絡を見失い、蒸気機関が最後の息を吐いて停止するように、ことばを途中でとめてしまうことがよくあった。そうなっても、顔色の悪い法廷弁護士ニードリング氏が口をはさんであとを補足することはなく、アーサーも思考を妨げないように注意していた。そんな調子で沈黙が長引いてくると、無関係な話題に切り換えて、別の質問をしたほうがよいだろうという気がしてきた。そこで、そのようにしたところ、前よりは満足のいく答えが得られたように思った。家族が悲嘆に暮れて呆然としているように見えたので、アーサーは慎重に礼儀正しく会話を進めていった。

サリーは一八七四年に、この家で産まれていた。しあわせな少女時代だったと、ニードリング夫人がアーサーに断言した。いつも兄弟といっしょに家の裏手の丘を駆けのぼったり、転がりくだったりしていた。そういうときは、兄弟のオーヴァーサイズのズボンを穿いていたので、自分のドレスをよごすことはなかった。彼女は八歳の誕生日に、ルビーのヘアクリップがほしいとさかんにねだった。ロンドンのオックスフォード・ストリートにあるラウトレッジという店の、ショーウィンドウのなかに見つけたものだった。何度も父親に頼んだあと、そのヘアクリップが購入されて、箱におさめられ、ピンクの薄葉紙に包んで、歓喜の悲鳴をあげるサリーに贈られた。彼女は一日中そのヘアクリップをつけていて、その夜の就寝時間になったところで、母親がようやくそれを外した。そのあとどうなったか？　翌日、サリーはまたヘアクリップを頭に飾って、兄弟とともに丘を駆けのぼっていった。そして、小鳥のように生き生きと丘を転がりくだってくると、ヘアクリップがばらばらに折れて、残骸となっていた。サリーは悲しみに打ちひしがれた。もちろん、母親にしてもそれは同じで、似たようなヘアクリップを購入せずにはいられなくなった。それも、そのすぐ翌日にだ。ニードリング氏にすればほんのささやかな出費ですむ甘やかしであったから、妻はその午後、事情を説明するのにひとつほほえみだけでこと足りた。

「ドクター・ドイルにそんな話をお聞かせする必要はないよ」ニードリング氏が、激情を抑えてはいるものの厳しい口調で言った。「彼は娘を殺した犯人をお探しであって、あの子の伝記を書こうとしておられるのではないんだ」

ニードリング夫人が、感情を爆発させた夫に言いかえそうとする。

「あなた、わたしはただ説明しようとしているだけで……」そこまで言ったところで彼女はことばを失い、重苦しい沈黙が垂れこめた。

「彼女は、あなたのお知り合いの紳士たちと仲よくしておられた？　声をかけてくる紳士が大勢いたのでは？」また話題を変えようと、アーサーは言った。これをきっかけにして、サリーの一夜かぎりの結婚にまつわる話へつなげることができればよいのだが。

「いやいや」とニードリング氏。「娘は物静かな子でしたのでね。たいてい、この地所のなかにいました。馬が大好きだったんですよ」

アーサーは事情を察して、うなずいた。両親は、娘が死の直前に結婚していたことを知らない。彼女はその男、殺人者との関係を、家族に秘密にしていたのだ。父親を詰問すべきだろうか？　だが、母親に、彼女の娘は結婚したその日に殺されたことを告げるのは忌まわしいことだ。

「でも、あの子が街にお友だちを持っていたのはたしかです」ニードリング夫人が言った。「よくそのひとたちといっしょにすごしていましたし」

「街のお友だちとは？」アーサーは問いかけた。

「ジャネット、そして……エミリー。ええ、ジャネットとエミリー——そんな名だったわ。あいにく、あの子はお友だちのことを話すとき、クリスチャンネームでしか言わなかったの。その子たちがこの家に来たこともないし。お友だちに会うときはいつも、サリーが街に出かけていたの。みんなでいっしょに、ああいう集会とかに出席して」

どうやらニードリング氏は会話の行き先にいらだちを覚えたらしく、椅子の上で身をもじもじさせたが、それでも、なにも言わなかった。アーサーはニードリング氏の不快感などは無視して、夫人に先をつづけさせることにした。

「それはどういう種類の集会でした？」さりげなく彼は訊いた。

ニードリング夫人は助け船を求めるように夫を見たが、相手は目を合わせようとしなかった。

「たぶん、〝集会〟というより〝談話〟と言ったほうがよろしいかと。サリーはそれほど活動的なメンバーではなかったことはおわかりくださいね。あの子は講演を聴きに行っていただけなんです。もちろん、あの子のお友だちもそうでした。あの子はいつも、ほかの若い女性たちと集まるのが好きだったんです」

「誤解しないでいただきたい、ドクター・ドイル。それだけのことなんです！」ニードリング氏が割りこんできた。「娘はいい子だった。つねにそうだったんです。そのことを忘れてもらっては困ります」

「もちろんです、ミスター・ニードリング。お嬢さんはまさにウェストハムステッドの花であったにちがいありません。となれば、わたしがこの悪行をなした男を見つけだし、懲罰が与えられるようにしなくてはならない理由がさらに増えたというわけです」アーサーがそう言っても、バートランド・ニードリングにはろくな慰めにはならなかったように見えた。「ところで、その集会――お嬢さんがお友だちといっしょに出席して講演を聴いていたという、その集会はどういうものでした？」

「婦人参政権の」気後れしたふうもなくニードリング夫人が答えた。「あの子は、選挙権を女性に拡大することを訴える講演を聴きに行っていた。あの子は、サリーは、婦人参政権論者だったの」

「待て待て」ニードリング氏が言った。「そのことを大げさにしゃべるのはよそうじゃないか？　あの子は何度か講演を聴きに行っていた。友だちが何人かいた。どれもこれも、たいした害にはならないことだ。ただし、わたしはプリムローズ・リーグ（ディズレーリを追慕して一八八三年に結成された、保守党支持団体のひとつ）に所属している。プリムローズの一員なんだ」ニードリング氏が右手を掲げ、その人差し指にはめている銀の指輪がきらっと光る。アーサーは身をのりだし、その指輪に見慣れた五弁の薔薇があしらわれていることに気がついた。「ディズレーリの系譜はわれらがセシルに引き継がれている。だが、いまの政治家どもと来た日には。わたしは娘をあのような愚かな運動に深入りさせるつもりは毛頭なかったんです。あなたの論文も読ませていただいた——もちろん、あなたはわたしの考えに同意してくださるでしょう。あれはあの子にとって、たんなる若気の至りだったことを理解していただきたい。それだけのことであって、深刻な問題ではなかったんです」

「あの子は婦人参政権論者でした」ニードリング夫人がくりかえした。「折に触れ、そのことを話していたんです」

ニードリング氏が大きな咳をし、夫人はまた黙りこんだ。アーサーには、家族の政治問題に首をつっこむつもりはなかった。自分がいまもディズレーリを敬慕していることは認めざるをえないが、さてセシルはどうか？　あのソールズベリー侯爵は下劣なやからだ。保守党が、政策の新たな担い手に彼を選ぶところまで堕落してしまったとは。しかし、さいわいアーサーには、そのような話はさしひかえるだけの分別はあった。

「その団体の名称はご存じでしょうか？　あるいは、その集会が開かれていた場所とか？」

「あの子は集会に行っていたのではありません」とニードリング氏。「無害な講演をふらりと聴きに行っていただけのことで。それに、あの子はいかなる団体の会員でもなかった。あの子の友だちがどうだったかはなんとも言えませんが、サリーはけっしてそうではなかったんです。団体の名称とか、あの子がどこへ行っていたとかについては、まったく記憶にありません。ロンドンのどこかだったということです」

「不穏な話題を持ちだすことになって申しわけないのですが、彼女の遺体はホワイトチャペルで発見されたのです」アーサーは言った。ニードリング氏が顔をしかめて、歯ぎしりをする。「そこで開かれた集会にお嬢さんが参加された可能性は――」

「わたしの娘はホワイトチャペルには無縁だった。それはぜったいにたしかなことです。おわかりいただけますね？　無縁だったのです」ニードリング氏は左右の手で椅子の肘掛けをばしっとたたいた。「警察のまちがいです。もしくは、あの子を殺した悪党が犯行の痕跡を消すために、あの不浄な地区へ遺体を移動させたかでしょう」

遺体が移動させられたのはたしかだ、とアーサーは思った。ただし、悲しいことに、その地区の宿のなかから外の裏道へ移動させられただけのことだが。

「ひとつお訊きしますが」アーサーは切りだした。「お嬢さんにお友だちから手紙が届いたといったようなことはないでしょうか？　ジャネットやエミリーから？　それがあれば、わたしの捜査にきわめて有用な情報となるでしょうから――」どのような情報かについては、さしあたり言わずにおくことにした。「――それを見つけだすことがなにより重要なのです」

ニードリング夫人がその質問をじっくりと考えて、答えた。

「なかったと思います。でも、夫が反対しなければ、あの子のライティング・デスクをご自分でお調べになって、たしかめていただいてけっこうです」

アーサーはニードリング氏に目を向けたが、その青白い顔は許可も却下も表わしていなかった。

「許可がいただければ、心からありがたく存じます」

ニードリング氏は無言でうなずいただけで、腰をあげようとはしなかった。夫人がアーサーを案内して、広大な屋敷の廊下を通りぬけ、階段をのぼって、サリーの部屋へ導いていった。

サリーの部屋に入ったときにアーサーがまず目を見張ったのは、その完璧なまでの清潔さだった。ドアが開かれたときにも、埃ひとつ立たなかった。ベッドカヴァーが寸分のずれもなく、きちんと掛けられている。いまも召使いたちが日々、清掃と整頓に励んでいるのにちがいない、とアーサーは思った。彼女はもう何カ月も前に死んでいるというのに。

アーサーはデスクの前に立った。上部に小さな抽斗が六つ、下部のデスクの脚のあいだに大きな抽斗がふたつあった。アーサーはそのひとつを引き開けようと手をのばしたところで、いったん間《ま》を置き、戸口にいるニードリング夫人をちらっと見た。彼女は戸枠にもたれかかって立ち、左手を胸の前をよぎる格好でのばしていた。その手で壁を自分に引き寄せようとしているかのように見えた。

彼女が場を辞してくれればと思って、アーサーは待った。この調べものはかなり時間がかかるだろうし、できればひとりでやりたかった。なにが見つかるかわかったものではなく、あの気の毒な女性を動揺させることにはしたくなかったからだ。

だが、彼女は動こうとはせず、天井を見あげただけだった。戸枠にさらに強く身を押しつけて、手袋のなかに落ちてきた漆喰のかけらを握りしめる。

仕方がない。アーサーはデスクの上部にある抽斗のひとつを引き開け、枠から完全に引き抜いた。その抽斗のなかには封筒やペンやインク瓶が、ひとまとめにそこに落ちてきたかのように、乱雑に押しこまれていた。

ニードリング夫人がぶるっと身を震わせて、頭のなかの靄《もや》をふりはらう。

「さしつかえなければ、ドクター・ドイル、わたしはひきとらせていただきます」彼女が言った。「夕食の支度にかからなくてはなりませんので」

そう言うと、彼女はアーサーを残して立ち去った。彼は墓あばきになった気分にさせられた。いや、食屍鬼か。ブラムよ、いまこそきみが必要なときなのに、いったいどこにいるのだ？

彼は秩序だった捜索をやった。手紙の数かずを慎重に読んでいく。前年、トランスヴァールへ出征した、サリーの兄弟からの手紙が五、六通。よき若者たちだ。パリにいるおじからのものが二通。スワンジーにいる祖母からのものが三通。それらを読んで、欧州大陸の気象や、スワンジーの浜に押し寄せる大西洋の波のことはよくわかったが、サリー・ニードリングの人生の秘密に関してはろくになにもつかめなかった。ジャネットとエミリーという、あの若い女たちは何者なのか？　彼女らはいったいどの団体に属していたのか？　そして、サリーとひそかにその両親にも知られることなく結婚した、くだんの男は何者なのか？

アーサーは上部の抽斗をひとつまたひとつと調べていき、五つめの抽斗にたどり着いた。それの青銅製ノブをひっぱる。錠がかかっていた。身をかがめてみると、ノブの下に小さな鍵穴があることがわかった。革張り日記の表に取りつけられた小さな錠と同様、純粋に装飾的なものであるように見えた。この程度のものではそうたいした安全は確保できないだろう。アーサーはもう一度、こんどは強くノブをひっぱってみた。抽斗はびくともしなかった。

これは有望だ。

アーサーは寝室の戸口へ足を運び、ドアをそっと閉じた。自分の作業が立てる音を家族に聞かれたくなかったからだ。デスクのところへひきかえし、ふたたび鍵穴をのぞきこんでみる。錠破りの知識はろくになかったが、前に一度、ブランデーの細長いキャラフをはさんで飲んでいるとき、オスカー・ワイルドがその作業はどのようにするのかを説明してくれたことがある。ワイルドがどうやって知ったのかはアーサーには見当もつかないが、考えてみれば、あの男はすべての友人たちのなかでもっとも謎めいている。デスクからペンを一本取りあげたとき、アーサーはあの旧友のことを思って、悲しい気分になった。彼の身になにが降りかかったのか？

逮捕され、裁判に付されて、服役したあと、ワイルドは姿を消してしまった。いま彼はどこにいるのか？　アーサーには皆目わからなかった。あれほど偉大で、あれほど温かく、にこやかな笑みを浮かべた男が、まぎれもない悪徳に染まって身を堕としたとは。悪行に引き寄せられることの危うさは、だれもが知っているだろうに。率直に言って、あらゆる人間がある種の……衝動に駆られるものではある。だが、ワイルドのような男をあそこまで堕落させることになったのは、一時の感情ではない。それは組みこまれていたもの。生まれついての失敗作だ。男であれば、善良な男であれば、おのれの男性器による自然の欲求を克服しなくてはならない。ワイルドは悪行に屈した。だが、アーサーはそのことで彼を嫌うようにはならなかった。悲しいだけだ。ワイルドが――かつてのワイルド、善良なワイルド、機知と快活さにあふれ、ディナーのテーブルについたみんなを楽しませてくれたワイルドが――戻ってきてほしい。

アーサーはそんな思いを頭からふりすて、ペンの先端を鍵穴にさしこんだ。あんなことは考えないようにするのがいちばんだ。

だが、ペンはうまくはまらなかった。鍵穴が小さすぎた。アーサーはデスクの上に別のペンを探し求めたが、あの芸当ができそうなものはなかった。ほかを当たってみなくてはならない。

鏡のかたわらにある宝石箱のなかに、手ごろなものがありそうだ。それを開くと、内側からまばゆい輝きが漏れ出て、彼は目をしばたたいた。ダイヤモンド、オパール、黄金のブレスレット、そしてあらゆる色合いの指輪。三個の真珠があしらわれたネックレスも見えたが、その留め金はすべてU字型で、アーサーの目的には役に立たなかった。だが、ほんのしばらく探ってみただけで、長くて細い留め金のあるものが一個、見つかった。錠破りにはぴったりだ。彼はそれを宝石の山から抜きとると、留め金を前にして持ち、デスクのほうへ足を戻した。その途中、下へ目をやって、手に持ったものを見た。赤いルビーがまぶしく光るヘアクリップ。

アーサーは立ちどまって、それをまじまじと見た。掌にあるそれは、とても小さかった。二本の細長い金属バンドからなっていて、二本とも、その一端に赤い色の宝石がはめこまれている。宝石の色はさまざまだが、これは子どもらを有頂天にさせるものだ。八歳のサリーが誕生日の朝、贈りものの箱を開けて、これを見たときの興奮ぶりが目に見えるようだった。丘を転がりくだってきて、髪に飾っていたヘアクリップがばらばらに折れて残骸となっているのを見たとき、彼女が泣きつづけた光景も目に見えるようだった。似たような代替物を――いま自分が手にしているこれを――すぐさま購入することに、父親が同意したわけが理解できた。

アーサーは細長い金属の留め金を鍵穴にさしこんだ。ぴったり合った。彼は留め金を上下左右に動かしたり、ひねったりして、タンブラーを探した。ワイルドが説明した、タンブラーを見つける方法を思いだす。それが複数あっても、順番にやればよいのだ。ひとつずつ順に押していかなくてはならない。鍵穴の奥へと留め金を進めていき、さらに奥のほうにあるタンブラーをつつくと、ヘアクリップが折れたような音が聞こえた。二本の金属バンドを中央部で接合していたちっぽけなねじが弾け飛び、クリップが一本ずつばらばらになった。二本のクリップの、色鮮やかな宝石があしらわれている部分だけが床に落ち、アーサーはいくぶん体のバランスを失って、前にのめった。まだ手でつかんだままのクリップの断片を鍵穴から抜きだして、下を見る。

なんたることか！　バランスを取りもどそうと足を踏みだしたときに、落ちたクリップを踏みつぶしてしまったのだ。クリップのそれぞれが四個か五個の破片と化し、宝石の数個が台から外れて転がっていた。空にかかっていた雲が通りすぎ、高い窓から射しこむ光の筋が部屋を照らしだす。床に散らばった宝石が、濃い茶色の海に点々と浮かぶ島のように輝いた。

アーサーは残骸をそのまま放置した。こぼれたミルクはもとに戻せない、と言うではないか。いまさら嘆いても仕方がない。彼はデスクのほうへ身を戻し、ふたたび留め金を鍵穴にさしこんだ。

それから一分とたたないうちに、錠が解けた。

アーサーは勢いこんで抽斗を開いた。それをデスクの上に置いて、見おろす。なかに入っていたのは、四分の一インチほどの厚さの白い紙束だけだった。彼はそれをつかみあげて、窓から入ってくる光にかざした。

紙束にはなにも書かれていなかった。一枚ずつめくっていっても、すべてが同様に空白のままであることがわかった。

なんの印もなかったが、例外がひとつあった。それぞれの紙片の上端に、黒インクで印刷された三つ頭の鳥の絵があったのだ。モーガン・ネメインの脚にあったタトゥーと同じ絵柄だ！

だが、それが意味するものは？

アーサーは紙束をたたんで、上着のポケットに押しこんだ。抜きだした抽斗をもとのところにはめこむ。

床に膝をついて、砕けたクリップの断片をかき集め、そっと宝石箱のなかに戻してから、彼は立ち去った。

アーサーが去ったあと、そこに彼がいたことを示す痕跡はなにも残らなかった。

20 追跡

「この瞬間、きみたちは魅力的な状況と狩りの予感にわくわくしている」
――サー・アーサー・コナン・ドイル『恐怖の谷』

二〇一〇年一月九日（つづき）

「すぐに警察がやってくるわ」ジェニファー・ピーターズがピシャッと携帯電話を閉じて、言った。

ハロルドとセイラは執筆室の床に撒き散らされた書籍と紙片をながめていて、ジェニファーはいまも戸口のそばに立っていた。ハロルドが階段を駆けおりて、山羊ひげの男の姿を発見できなかったときから五分が過ぎていたが、ジェニファーはまだ二、三歩しか部屋に足を踏み入れていなかったのだ。彼女は自分を抱きしめるように、両腕を胸の前で重ねあわせたで格好で、つったっていた。

「いいですか、これはやっかいな状況ですが」ハロルドは言った。「あなたがよければ、ぼくは警察と顔を合わせずにおきたいんです。この七十二時間のうちに二件の犯罪現場に居合わせることになったわけなので、また事情聴取を受けるはめにはなりたくない。それでよろしいでしょうか」

ジェニファーが自分を抱いている腕にさらに力をこめて、ぶっきらぼうに応じる。

「いいわ。行って。あなたがここにいたことは警察に言わないから」

ハロルドはアレックス・ケイルの本棚をもう一度ちらっと見てから、いっしょに立ち去ったほうがいいとセイラに身ぶりを送った。彼女が、それまでかきまわしていたアレックスのデスクの抽斗を閉じ、アレックスを追って戸口に向かう。ジェニファーのそばを通りすぎるとき、彼女は年配の女性に温かいまなざしを向けて、肩に手を置いた。

「ありがとうございました」ハロルドはいっしょに廊下へ出ながら、背後へ声をかけた。

「できれば、おふたりのどちらにも二度と会いたくないけど」ジェニファーが言った。

ハロルドはうなずき、あとはもうなにも言わず、セイラとともにその建物を立ち去った。

街路に出て、三十秒ほど考えこんだあと、ハロルドはようやく口を開いた。

「まずい事態だ。あの山羊ひげ男が何者かはさておき、あいつはあのフラットにあった有用なものを洗いざらいかっさらっていっただろう。日記がなかっただけじゃなく、予備としてアレックスがとっていたはずの日記のコピーもなかった。日記を抜粋して作成した文書のプリントアウトもなかった。なにかが書きつけられたメモもなかった。デスクのそばにノートPCの電源ケーブルがあったことに気づいたかい？　あれがノートPCにつながっていたのは、十中八九たしかなことだ。あいつはノートPCも奪っていったんだ。あそこにコナン・ドイルの小説は山ほどあったが、日記そのものに、またアレックスがそれをどこで見つけたかにまつわる情報はひとかけらもなかった」

「なにかいい材料はないの？」アーガイル・ロードを歩きながら、セイラが問いかけた。

「あるよ。ぼくらはこれに関わったやつを、まあ、〝これ〟がなにを意味するかはさておき、この目でしっかりと見たんだ。そして、そいつはシャーロッキアンではないことがわかった。少なくとも、〈イレギュラーズ〉に所属するシャーロッキアンではないと。もし〈イレギュラーズ〉の一員だったら、ぼくがそうと見分けたはずだしね」

「それはいい材料のようね。でも、わたしはもっといい材料をあなたにあげられると思うの」セイラがコートのポケットに手をつっこんで、親指ほどの大きさの紫色をしたプラスティック製品を取りだす。それをハロルドに手渡した。「USBメモリ。アレックスのデスクの抽斗に入ってたの」

「盗んだのか？」

セイラは肩をすくめただけだった。

ハロルドは感心した。セイラは自分より二歩ほど後れを取っているのか、二歩ほど先んじているのか、なんとも判断がつかなかった。

「それに有用な情報が入ってるかどうかはわからないけど、ホテルに戻って確認してみるのがいいんじゃない」セイラがまた背後をふりかえって言い、二、三秒置いてあとをつづけた。「それと、悪い材料もあるわ」

「なんだって？」

「わたしたち、尾行されてると思う」

ハロルドは、急に全身がこわばるのを感じた。

「ほんとうか？」

「いまから、靴を直すようなふりをして、片膝をつこうと思うの。わたしがそうしたら、あなたは前に出て、こちらに顔を向け、会話を自然につづけているような感じで、わたしに話しかけて。そうしながら、さりげなくわたしの後ろのほうへ目をやって、革ジャケット姿の大男がいるかどうかたしかめるの。準備はいい？　行くわよ」

セイラが歩道の上に右膝をついて、左足のほうへ身をのりだし、靴のなかに入りこんだ小石を取ろうとするかのように手をのばした。履いている黒い薄手のフラットシューズを脱ぎ、履きふるした靴の内張りに沿って指を走らせる。

ハロルドは彼女に顔を向け、できるだけさりげなく見えるように行動した。両手をポケットにつっこみながら、口を開く。

「オーケイ、こんな調子でしゃべったらいいかな」と彼は言った。「ずっとしゃべってるよ、ぶつぶつぶつぶつと。ほら、まだしゃべってるだろう」

ハロルドは彼女の頭ごしに街路を見渡した。大勢いる歩行者たち――手をつないだカップル、トラックスーツのジョガー、四人連れのインド人家族など――のなかに、革ジャケットとルーズなブルージーンズ姿の大男がいて、すぐそいつと目が合った。どっしりした体格で、髪を丸く刈りあげ、でっぷりした顔をしている。ジャケットが薄手らしく、そいつは両手をポケットにつっこんで冷えないようにしていた。

くそ、とハロルドは思った。あの男とまともに目を合わせてしまったとは。ハロルドは遠くにある道路標識に目を向けるようなふりをして、さっと右へ顔を向けた。

「もろに目が合ってしまった」ハロルドは言った。「あいつは、こちらに気づかれたことを悟ったと思う」

「そいつ、いまなにをしてるの？」あいかわらず靴のなかをごそごそやりながら、セイラが問いかけた。

ハロルドは遠くの道路標識のほうへ――〝ケンジントン・パレス〟と記され、小さな歩行者の絵と、ハロルドの後方を指す矢印がついていた――顔を向けたまま、男のようすを盗み見ようと、目だけを左へ動かした。そんなふうにしたせいで目が痛くなった。どっしりした男もやはり視線を外し、日焼けサロンのフロントウィンドウを夢中になってのぞきこんでいるように見せかけていた。

「目をそむけてる」ハロルドは言った。「怪しいやつにしか見えない」

セイラが靴を履きなおして、立ちあがる。ハロルドの先に立ち、足取りを速めて、またケンジントン・ロードを歩きだした。

「どうすべきだろう？」しばらくしてハロルドは問いかけた。

セイラが片手をあげて、歩道から車道へ足を踏みだす。

「ここを離れるの」彼女が言った。

すぐにタクシーがやってきたので、ふたりは急いで乗りこんだ。ドアを閉じ、タクシーの運転手が首をねじって行き先を尋ねたときになってやっと、ふたりはそろって、どう答えればよいかわからないことに気がついた。

「ええと……ホテルはだめだろう？」ハロルドは問いかけた。

「どこに泊まってるかはすでに知られてるかもしれないけど、もしかしてってこともあるから、察知されないようにしましょう」セイラが声を高めて、運転手に告げる。「わたしたちが行き先を思いつくまで、一分ほどまっすぐ走らせてもらえる？」

運転手は――黒髪にばかでかい口ひげという南アジア系の男だった――返事をする代わりに、肩をすくめてみせた。シフトレヴァーを〝ドライヴ〟に入れて、車を発進させる。

ハロルドとセイラはどちらもシートの上で身をひねり、タクシーのリア・ウィンドウから外を見やった。革ジャケットの男は携帯電話を取りだしていた。

だが、遠ざかっていくその姿をふたりがながめていると、一台の黒い車が高速で走ってきて、男の前で停止するのが見えた。男が携帯電話をしまって、よどみなく車のドアを開き、でかい体をなかへ滑りこませていく。巨漢にしては驚くほどしなやかに動けるように見えた。車が発進し、タクシーのリア・ウィンドウのなかでその車影が大きくなってくる。車はまっすぐこちらに迫っていた。

ハロルドは運転手のほうへ顔を戻した。

「ちょっとスピードをあげてもらえないか？」彼は言った。

「スピードをあげる？」と運転手。「あげて、どこへ？」

「どこでもいいわ」セイラが言った。「この道をずっと。もっと速く」

運転手がまた肩をすくめ、訳知り顔に首をふった――アメリカ人ってやつは！　追ってくる黒い車はめまぐるしく車線を変更して、タクシーとの距離を急速に詰めていた。黒い車はサイド・ウィンドウに暗色のフィルムが貼られているために、ほかにだれが乗っているのかを見てとることができなかった。ハロルドはそのフロント・ウィンドウをのぞきこんだ。あいだに別の車が一台また一台と入りこんできてじゃまをしたが、ようやく障害物が消えて、黒い車のドライヴァーが見えるようになった。灰色のセーターを着た髪の薄い若い男が運転席にいて、山羊ひげを見せびらかすようにしていた。

ハロルドははっと息をのんだ。

「ちくしょう」出てきたことばはそれだけだった。

セイラもハロルドと同時に、山羊ひげの男を目にしていて、すぐに運転手のほうへ顔を向けた。

「ハイ」彼女が呼びかけた。「あの信号のところで右折してもらえるかしら？　ええ、すぐそこの信号」

「お客さん」運転手が言った。「どうなってるんです？」

「お願いだから、ここを右折して。すぐに！」セイラがどなった。

運転手が車線を変更して、タクシーを右折させる。

「面倒に巻きこまれるのはごめんこうむりたい」南へ走りだして、インペリアル・カレッジの前を通りかかったとき、運転手が言った。

「それはこっちも同じ。だから、おたがい、面倒はできるだけ避けるようにしましょう。いいわね。つぎの、左へ鋭角に折れる道に入って」

「つぎの角で降りてもらおうかと」

「だめだ！」ハロルドは口をさしはさんだ。「ぼくらは尾行されているんだ」

「おっとっと」運転手が言った。「冗談は休み休みに」

「ぼくは本気も本気だ。後ろにいるあの黒い車を見てくれ。ぼくらがこれに乗ったときからずっと、あれがあとをつけているんだ」

運転手が目をあげて、リア・ミラーをのぞきこむ。黒い車は一台ではなく何台もいた。

「なんで尾行されるんです？　あんたらは有名な俳優かなにか？」

「たしかに」その意味を考えながらハロルドは言った。「それはいい質問だね。なぜやつ、ら、が、ぼくらを尾行しているのか、自分にもよくわからないんだから。ただ、ぼくらがほしいものをやつらが持ってるってことだけは言えるね」

「じゃあ、ここで車を停めるのがいいんじゃないのかね。そしたら、あんたらは尾行しているのはだれなのかを突きとめに行けばいい」

「それは悪くない思いつきだ」ハロルドは言った。

セイラが不思議そうに見つめてくる。

「どういうこと？」ためらいがちに彼女が言った。答えを聞くのを恐れているような感じだった。

「ひとつ思いついたんだ」とハロルドは言って、財布に手をのばし、きっちりとひとつにまとめた札束を抜きだした。どれほどのカネを渡すことになるかをたしかめもせず、札束を運転手に手渡す。運転手がうれしそうな顔になり、片手で札束をぱらぱらやった。

「あとひとつ、頼まれてもらいたいことがあってね」ハロルドはつづけた。「スピードをあげてくれ。ぐんと。それから、前方のあの街路へ――」ハロルドは目を細めて、街路標識をたしかめた。「――フルハムへ、急に左折してくれ。そこで、可能なかぎりの急停止をしてくれるかい」

運転手は手に入れた札束に目をやってから、肩をすくめ、〝仰せのとおりに〟と身ぶりで示した。

タクシーが加速し、ハロルドは背中がクッションのきいたシートに押しつけられるのを感じた。自分の両手がひとりでに動いて、下のシートを握りしめるのが見えた。

運転手がタクシーを左へ旋回させ、その道を通過していく車の隙間へつっこんでいくと、ハロルドの体が右へふられてセイラにぶつかった。急な左折をしたために、彼女の手足がこわばっているのが感じとれた。車体が水平に戻ると、ハロルドは礼儀を守って彼女から身を離そうとしたが、最後に彼女の太腿を押すはめになってしまった。彼女は気づかなかったように見えた。

運転手がタクシーを縁石に寄せ、上機嫌でブレーキペダルを踏む。ハロルドもセイラもシートベルトをしていなかったので、運転席との仕切りのほうへ激しく身をのめらせることになった。タクシーが停止する。

「ここでちょっと待つんだ」タクシーを降りたところで、ハロルドは言った。開かれたドアの外にしばらく立ち、あの黒い車が同じように左折して、目の前に出現するのを待つ。

長く待つことはなかった。ほんの数秒後、その車が交差点を高速で左折してきたのだ。だが、タクシーとはちがって、停止するつもりはないようだった。逆に加速して、フルハム・ストリートを直進してくる。

ハロルドはアドレナリンの作用で武者震いしながら車道へ足を踏みだし、やってくる車の真ん前へ歩いた。運転席にいる山羊ひげ男が、なにが起こったのかを悟って、困惑した顔になるのが見えた。車が突進してくる時間がひどく長く感じられ、そのあいだにハロルドは自分の計画を再考していた。もしあの山羊ひげ男がこちらを殺そうとしているのなら、いまが絶好の機会だ。アクセルペダルを踏んだままにしているだけでいい。そうすれば、ハロルドを車で撥ね飛ばせる。単純な交通事故死ということですませられ、真実はだれにもわからずじまいになるだろう。ハロルドは突進してくる車を向こうにまわして古典的なポーカー・ゲームをやろうとしていた——といっても、ほしいのはチップではなく情報だ。リスクを計算してゲームに勝とうというのではなく、相手の正体を知るために体を張ったのだ。もし生きのびられたら、山羊ひげ男にはこちらを殺すつもりはなかったということになる。だが、もし死んだら……。それはどうだろう、とハロルドは思った。山羊ひげ男がほんとうにこちらを殺そうとしているのなら、自分はとうにアレックスのように殺されていただろう。

山羊ひげ男が顔をしかめてブレーキを踏み、車を左へ、歩道のほうへ寄せるのが見えた。多数の車輛が行き交う白昼の街路に、車のホイールが縁石をこする金属音が響く。車は左側を歩道に乗りあげ、車道のほうへ頭を斜めに向けた格好で滑ってきて、最終的にハロルドの数フィート手前で停止した。

ハロルドは、運転席にいる山羊ひげ男の顔を真正面から見据えた。男が苦い顔になる。

ハロルドはほほえんだ。山羊ひげ男はこちらを殺そうとしているのではなかった――実際、あいつはぶつかるのを避けようとしたのだ。ハロルドは落ち着いた足取りで黒い車のほうへ歩き、助手席のウィンドウを軽くノックした。

長い沈黙があった。車に乗っている連中は、どうすべきかわからずにいるように思えた。彼らはカーチェイスのために雇われたのであって、礼儀正しく差し向かい《テタテト》で話をするためではない。行動を変えるのは、本来の役割を放棄することになってしまうのだ。

ようやく助手席のウィンドウがさがって、なかにいる革ジャケットの男をあらわにした。

「うん？」男が言った。氷のように冷ややかな顔をしていた。

「きみらは例の日記を手に入れていないんだね？」とハロルドは言い、声に出したあとになってやっと、それが事実であることに気がついた。

男は状況を吟味しているらしく、なにも言わなかった。その沈黙はハロルドを不安にさせた。もしかすると、この男は予想していたより頭が切れるのだろうか。

「あんたも手に入れていないんだな」破顔一笑して、男が言った。

くそ、とハロルドは思った。情報を得た代わりに、こちらも情報を与えてしまったのだ。だが、この取り引きにはそれだけの値打ちはあったのかもしれない。どちらも日記を手に入れていないとするならば。

「アレックス・ケイルを殺したのはきみらじゃない」ハロルドは言った。質問ではなく断言だった。

「そう言いきる自信があるのか？」男が言った。そして、ジャケットのポケットに手をつっこんで、銃を取りだした。ハロルドの顔にまっすぐ銃を突きつける。銃口をのぞきこんだハロルドには、ありえないほどそれが大きく見えた。

ハロルドの確信が揺らいだ。じつのところ、自分はどうやって、この男にはこちらを殺すつもりはないと判断したのか？　もうなにも考えられなくなった。論理が崩壊した。冷静なシャーロッキアンの理性が、熱い恐怖のなかで燃えつきていた。

「ぼくはあれを手に入れていない」訴えるような口調でハロルドは言った。「あの日記を。あれがどこにあるのかも知らない。だれが奪ったのかも」

突然、黒い車が震えたように見えた。ため息のような音がし、そのあと、車首がわずかにさがって、車体がハロルドの前から車道のほうへ傾いた。

黒い車のルーフごしに目をやると、その反対側にセイラがいるのが見えた。どうして彼女はあそこにいるのか？　後部タイヤのそばにしゃがみこんでいた彼女が、身を起こすのが見えた。タイヤをパンクさせたのだ。それだけでなく、先に前部タイヤもパンクさせていたのは明らかだった。

「タクシーへ！」彼女がハロルドに叫びかけた。「いますぐ」

銃を持つ男へ目を向けたハロルドは、そいつがこの騒動にほんのわずかではあるが動揺したことを見てとった。その隙にと、ハロルドは可能なかぎりの早足で駆けだした。

タクシーのドアをぐいと開いて、後部シートに飛び乗る。半秒遅れで、セイラがつづいた。

「どこへでもいいから、できるだけ速く走らせてくれ！」ハロルドは運転手に叫んだ。

運転手の顔に、深刻な状況であることを理解した表情が浮かんでいた。なにも訊かず、シフトレヴァーをまた〝ドライヴ〟に入れて、アクセルペダルを踏みつける。

ハロルドは後部ウィンドウごしに外を見やった。黒い車から降りてきた人間はいなかった。しかも、タイヤがあれでは追跡はできない。黒い車は、右側へ傾き、左側を歩道に乗りあげたまま動かなかった。

セイラの掌に、小さな折りたたみナイフがあるのが見えた。彼女がその刃を鞘にたたんで、バッグに滑りこませる。ありえないほど冷静なまなざしで、ハロルドの目をのぞきこんできた。

「さてと」セイラが言った。「あなたの計画は思いどおりにいったのかしら？」

21 アケロンの川岸に立つヴェルギリウスとダンテ

われを過ぎんとする者はいっさいの望みを捨てよ。

――ダンテ・アリギエーリ『神曲』（地獄の門に刻まれたことば）

一九〇〇年十月三十日

ブラム・ストーカーがオールドゲイト駅の前に立ち、手に持った印刷物をしげしげと見ている。それは真っ白な紙に黒インクで印刷された、三つ頭の鳥の絵だった。その絵の鳥は、それぞれの頭部で新鮮な餌をむさぼろうとするかのように、かすかにくちばしを開いて突きだしていた。目はすべて、白い紙に印刷されたものとして見るかぎりでは、うつろな点でしかなかった。翼はどちらも、ひと筆で、あるいは刃物のひと裂きで、描かれたもののように見えた。不穏な絵だ。攻撃的といおうか、凶悪といおうか。

ブラムがその紙をアーサーの手に戻した。彼は友がそれを吟味しているあいだ、黙って待っていたのだ。

「醜怪な獣のようなしろものだね」ブラムがその絵を評して言った。「こんなものを目にしたのは初めてだ」

「わたしもそうだ」ため息混じりにアーサーは言った。「これがなにに由来し、なにを意味しているのか、見当もつかない」

「好ましいものでないのはたしかだろう。で、きみはこれが描かれていた紙をサリー・ニードリングの部屋で見つけたんだね？　そして、ヤードはヤードで、モーガン・ネメインの脚に同じタトゥーが刻まれていたと述べていると？」

「ああ」アーサーは言った。「きみがつぎになにを知りたがるかは察しがつく。サリー・ニードリングもまた、その脚に同じ絵柄のタトゥーをしていたのか？　残念ながら、その答えはわれわれにはわからない。ヤードの能なしどもは、ニードリング事件の報告書にタトゥーのことはなにも記していないんだ。とはいうものの、彼女は善良な娘だった。名家の一員だった。警察にすれば、ホワイトチャペルの裏道で彼女の死体が発見されたということだけでも、扱いに難渋しただろう。もしかすると、警察は両親を――そして、彼ら自身の頭を――ひどく悩ませることにならないようにと、タトゥーへの言及は省いたのかもしれない」

「なるほど。ヤードが力不足であることは、きみと同じく、わたしも日々感じているよ」

「いや、そうじゃなく、彼らは愚鈍なんだ！　わたしはたったの四日間で二件の殺人事件の解決になかばまで、いやそれ以上のところまで迫ることができたのに、彼らはさっさと迷宮入りにして捜査を断念してしまった。見下げ果てた刑事どもだ」

これには、ブラムとしても笑みを返すしかなかった。

「それでも、ひとついいことがあるさ」ブラムが言った。「われわれ自身が名探偵で、意のままに動けるという」

アーサーは顔をしかめた。ブラムはときに、深刻きわまる事柄に軽薄な反応を示す男であることを思いだしたのだ。しかし、もう一度イーストエンドを探りまわるにはこの男の助けが必要なのだから、ここは聞き流しておくのがいいだろう。

「わたしの狙いは」アーサーは言った。「この絵柄のタトゥーをモーガン・ネメインの脚に、そしておそらくはサリー・ニードリングの脚にも施した、彫り師を見つけだすことだ。この絵柄は、その若い女たちにとってなんらかの意味があったはずだ。ふたりともがこの絵柄が印刷された紙を持っていて、少なくともそのひとりは、永久に残るものとして肌に刻みこんだ。たぶん、彼女らは絵柄の意味を彫り師に教えただろう。それがなにを象徴するかを」

「犯人自身が、モーガン・ネメインを殺害したあとでその肌にタトゥーを施したという可能性については、考慮したのか？」

「おいおい、ブラム、それはぞっとする考えじゃないか？　どこからそんな発想が出てくるのか、よくわからん。とにかく、そのシナリオはありそうにないね。第一に、ヤードの男の話によれば、そのタトゥーは最近になって彫られたものではない。さらにまた、サリーがそれと同じ絵が印刷された紙を所有していたとなれば、もっとも可能性が高いのはこういうことだろう。その若い女たちとこの鳥の絵柄にどのような関係があったにせよ、彼女らは自発的にそれを入手したのであり、それもサリーが殺害されるずっと前に入手していたということだ」

「よき推論ではあるが、アーサー、どうやってその彫り師を見つけだすつもりなんだ？　ロンドンには、インクと熱した針を使ってタトゥーを彫るやりかたを知っている水夫が、一千人はいるにちがいない」

こんどは、アーサーが笑みを返す番だった。彼はちょっとあとずさって、周囲に手をふってみせた。そこには白昼の騒音が満ちあふれていた。多数の馬車がガラガラ、ゴロゴロとハイ・ストリートを行き交っている。幼い少年の一団が地面を蹴って埃を巻きあげたり、おたがいや通りかかった馬車に小石を投げつけたりしていた。乞食たちは錆びた空き缶をふり、掏摸《すり》どもは上品なトップコート姿の男を見つけては、こっそりあとをつけている。そして悪臭、腐った魚が発するいやな悪臭が、波止場から南へ吹く風に乗ってあたり一面に漂っていた。アーサーは笑みを浮かべたまま、そのくさい空気を吸いこんで、吐きだした。

「では、その男の立場に自分を置いてみよう」アーサーは言った。「彼はどうするだろう？　いや、この場合なら、彼女は？」

ブラムが眉根を寄せる。

「それはなにかの引用なのか？」

「うん。『緋色の研究』の」

「それはきみが書いた小説じゃないか！」

「そのとおり。これはよき忠告だとは思わないか？　さあ行こう」アーサーはブラムを導いて駅から東へ向かい、ハイ・ストリートを歩きだした。「自分は、ずっと北にあるヒースの土地からやってきた、若々しい顔をした二十二歳の女だと想像するんだ。ときどき買いものや観劇をするため、そしてたぶん婦人参政権の講演を聴くために、ロンドンの中心部であるシティに出かけてくる。きみと友だちの若い女たちは、なにかを象徴するためのタトゥーを肌に彫る決心をする。きみはどこへ行くだろう？」

「ストランドへ。あそこにある店、前に行ったことがある店におもむき、この街でタトゥーを彫ってくれるひとがいるのはどこかと尋ねるだろう」

「正解に近いが、ブラム、残念ながら図星とまではいかないね。サリーは逆に、ストランド以外の場所をめざしただろう。顔なじみの店をあちこちと訪ねて、彫り師の居場所を訊いてまわるというのは、自分がそんなことをしているのがばれてしまうので避けたかったはずだ。もし両親にその行動を知られてしまったら？　彼らはどう思う？　悲惨なことになってしまうだろう」

「しかし、肌にタトゥーを施すのは、近ごろではありふれたことだと言われているぞ。最近は、前腕にタトゥーをしていない英国人水夫はまったく見かけないほどだ。そしてまた、わたしはその種の醜聞に耳を貸すほうではないが、ヨーク公までがマルタに行っているあいだにタトゥーを入れたと言われているんだ」

「うんうん、たしかに、船乗り連中はみな、そういう話に魅惑されるだろう。東方の文化に染まった、ああいう若者たちは。しかし、その行動は、海の上で働く粗野な男たちや、ウェールズの血を引く無骨者たちにとってはふさわしいが、ウェストハムステッドに住む法廷弁護士の娘にとっては必ずしもふさわしいものではない。サリーがタトゥーをしたとすれば、ひそかにやったはずなんだ」

アーサーは、この推論にブラムが感銘を受けたように思ったが、その思いはできるだけ隠しておこうとつとめた。

「だったら、彼女はもちろん、波止場に行っただろう」ブラムが言った。「川岸地区なら、なんであれひそかにやってのけられる。あそこは以前から、淑女にふさわしくない場所という評判を取っているからね」

「じょうでき」アーサーは言った。「完璧だ」

それを聞いて、ブラムが妙な顔をしたが、アーサーにはそのわけがわからなかった。いまこのとき、彼は必要に迫られていかにも探偵らしい仕事をするのを楽しむあまり、ほかのことがおろそかになっていた。ヤードで記録簿のページをめくっていたときからこのかた、これほどわくわくさせられる日はついぞなかった。だれかのためになにかを発見するのは、もちろん、それだけで刺激的なことだが、煙に巻かれていた聞き手にそれを説明するのはそれ以上の……そう、探偵には聞き手が必要なのだ。日に日に、あのホームズのことがよりよく理解できるようになってきた気がする。

「では、その若い女は自宅からロンドンのシティへやってきて、波止場をめざしたと。彼女はどこへ行ったか？」

「もっとも近い駅は、ブラックウォール鉄道のシャドウェルとフェンチャーチだ。いや、それより、同じブラックウォール鉄道でも、イーストロンドン線のウォッピング駅のほうがさらに近い」

「まさにそのとおり」アーサーは言った。「そうであるからこそ、シティの住民はそこへ行く。しかし、サリー・ニードリングはシティの住民ではなかっただろう？　もしブラックウォール鉄道を使うとすれば、キャノン・ストリート駅でどの列車に乗ればいいかと迷うはめになる。正直、わたしのような男でも混乱を来すほどだ。しかも、彼女は波止場のことはなにも知らない。田舎の女の子そのものだ。彼女は鉄道地図を見て、〝ロンドン波止場〟に近くて、可能なかぎり単純な経路で行ける駅をめざすことになると思わないか？」アーサーはコートのポケットから鉄道地図を取りだし、両手でひろげた。「これを見ろ！　彼女がグレイトノーザン駅から、キングズクロス駅をめざしたのは明らかだ。そのあと、このメトロポリタン線を使って、オールドゲイト駅をめざした」

「しかし、マークレイン駅のほうが波止場に近いぞ」

「それはそうだが、彼女にそのことがわかるだろうか？　わからないだろうとわたしは思う。この地図をよく見てくれ」アーサーは足をとめて、居酒屋《タヴァーン》の壁に顔を向けた。そして、その壁に両手で地図をひろげた。店内から、パイントグラスが触れあう音や、ビールで濡れた床を踏むブーツの足音が聞こえてくる。それは音楽的な物音、午後はいつも、酔っぱらった庶民たちがよごれたグラスとむさ苦しい床を打って奏でる歌だ。『苦い真昼のバラッド』だ、とアーサーは胸の内で思った。

「この地図の」彼はつづけた。「街路図を見たところでは、波止場に行くにはマークレイン駅よりオールドゲイト駅からのほうがわかりやすいのではないか？　きみやわたしには、この世にはマークレインという駅があって、そちらのほうが近いことがわかっている。だが、サリー・ニードリングにすれば、オールドゲイトのほうが近いように思えるにちがいない。彼女はこの広大な街路を――コマーシャル・ロードを――見て、ロンドン塔近辺の網目のように入り組んだ街路を抜けていくより、こちらのほうが行きやすい経路だと判断するだろう。オールドゲイト駅からコマーシャル・ロードを東へ十分ほど歩き、レマン・ストリートへ右折する。そこを進んで、ウェルクローズ・スクエアを越えたら、波止場に近づく。さあ行こう！」

アーサーは、ひろげた地図を凧のように背後にひるがえして駆けだした。ブラムを引き連れ、掏摸《すり》や娼婦たちをよけながら、南のセント・ジョージ・ストリートをめざす。走りながら、アーサーは途中にある商業施設を観察していた。煙草屋、パブ、海運事務所、宿屋。ウェルクローズ・スクエアに近づいたところで、アーサーは東へ折れようとしたが、ブラムに肩をたたかれて引き留められ、そのまま南へ、波止場のほうへ走っていった。ウェルクローズ・スクエアを越えてすぐの、セント・ジョージとウェル・ストリートの交差点に達したところで、彼は探していたものを見つけた。極東の香辛料を扱う貿易商。「中国産香辛料」と手書きで記された看板が店の前に出ていた。「輸入および輸出」

「あった！」アーサーは叫んだ。「完璧だ。サリーがタトゥーに関して知っていたのは、それが東方で熟成された芸術であることだけだったのではないか？　彼女はタトゥーを彫ってもらうために、東方貿易商を訪ねたにちがいない」

彼はゆがんだ表戸を引き開けて、香辛料貿易商の店舗に入った。戸口を抜けるなり、さまざまな香辛料のにおいが一挙にアーサーとブラムを包みこんだ。刺激的な香気を漂わせるそれらの香辛料がどこから来たものかは、ふたりには見当もつかなかった。風変わりな芳香が鼻孔に入りこんで、頭をくらくらさせる。めまいを覚えたが、妙に心地よくもあった。

年老いた小柄でかよわそうな中国人の男が、奥の部屋から出てきた。髪の毛は、頭のてっぺんに小さな白いかたまりが残っているだけで、まとっているローブのような長衣は、鮮やかなオレンジ色の筋がついて、よごれていた。

「いらっしゃい、旦那がた」ささやくような声で老人が言った。「なにをお求めじゃろう？」

「ちょっと助けになってもらえたらと思いまして」急いでアーサーは言った。「もしかして、こちらでインク仕事をなさってるということは？」

老人が顔をしかめる。

「インク？　うちは中国からインクの輸入はしておりませんので、旦那がた」

「いや、輸入ということじゃない、ご店主。なんというか、インクのようなものをこの肌に彫りこむという話なんだ。わたしはタトゥーが好きでね。ここで商売をなさってるあいだに、行きはぐれたひとびとが少なからずこちらを訪ねてきたにちがいないと思うんだが」

老人はまたしばらく顔をしかめたあと、気を緩めて、肩をすくめた。

「あいにくじゃが、旦那」老人が言った。「そちらのおまちがいじゃろう。うちは香辛料を売るのが商売で、刺青はやっておりませんのじゃ」骨張った右手をあげて、ひらひらとふってみせる。その手がまっすぐにのばされたとき、アーサーは男の指が震えているのを見てとった。「あいにくじゃが、わしはこのとおり、彫ろうとしたところで、彫れはしませんのじゃ」

老人は最後にお辞儀をした。

この男が熱した針できっちりとタトゥーを彫りこもうとしても、あの指の震えようでは客に恒久的な傷痕を残してしまうことになるだろう。

「これは失礼した」アーサーはそう言って、大きくため息を漏らした。

もうなにも言わず、アーサーはブラムを連れて店を出た。店内にいたのはほんの少しのあいだだったというのに、街路に足を踏みだしたとき、ふたりはどちらも白昼の日射しとさわやかな空気を感じて愕然とした。店内で息を吸ったときにアーサーの鼻毛にまとわりついた香辛料のにおいが、風にさらわれていく。

「それでも、断言しよう」しばらくして彼は言った。「彼女らはここを通ったにちがいない。そうにちがいない、いいんだ、ブラム。ここを通らねばならなかったはずなんだ！」

「彼女がテムズ川とホワイトチャペルのあいだにあるパブのどれかに入れば、よろこんでタトゥーをしてくれる彫り師に出会えたかもしれない」ブラムが応じた。「あるいは、通りすがりの水夫をつかまえて、それをやってくれる人間の居場所を尋ねたとか。彼女がどこへ行ったかを推理するすべはないんだ、友よ」

アーサーはこの問題をじっくりと考えた。ブラムの言うとおりなのか？　自分たちの持っているわずかな情報をもとに、あの若い女たちの思考や行動を推理するすべは、ほんとうにないのか？　もしほんとうにそうであれば、これまでにアーサーがまくしたてた探偵としての推理は、完全にまちがいだったことになる。自分はこの問題を解決するのに必要な材料はすべて持ちあわせているはずだ。アーサーは心の底からそう感じていた。これを解決できないようでは、自分は無能な探偵のひとりであるにすぎなくなり――それだけでなく、無能な作家のひとりであるにすぎなくなる。自分とホームズがともども、ただのペテン師になりさがってしまう。わが〝演繹推理の科学〟、人類が経験してきたもっとも陰惨な恐怖のなかに条理を見いだす能力は、途方もないまやかしであったことが明らかになるのだ。それはなんの価値もない、安っぽい嘘であったことが。

セント・ジョージ・ストリートを歩いて、ウェルクローズ・スクエアのすぐ南側にさしかかったとき、またアーサーの頭に妙な考えが浮かんできた。自分の小説の読者たちは、こんなふうに感じるのだろうか？　小説を読んでいる途中、物語の行き先が皆目わからなくなって、途方に暮れる？　アーサーは恐怖を覚えた。自分たちが解きほぐそうとしている事件が手の届かないところへ行ってしまったように感じた。これほど不安をかきたてる困惑状態に身を委ね、それでもなお、アーサーがいずれ納得のいく結論へ導いてくれるだろうと期待する読者たちは、よほど自分を信頼してくれているのだろう。だがもし、最終ページに至っても事件が解決されなかったら？　あるいは、その解決がでたらめであったなら？　物語全体がうまくできていなかったとしたら？　読者はかっとなるのではないか？　彼らは小説を読むのに時間とカネを費やす。著者がその見返りとして約束できることは、なんなのか？

〝あなたのことは気にかけていますよ〟と言ってあげたいところだ。〝いまは不可能であるように見えるのはわかっていますが、万事うまくいきます。いまのあなたには物語の行き先が見えていないでしょうが、わたしには見えていて、最後にはあなたをよろこばせてあげることができるでしょう〟

〝わたしを信じなさい〟

そして、これまで数多くの読者が自分を信じてきてくれたのだ。

アーサーはポケットに押しこんでいた地図を取りだした。大きくひろげて、歩道にすわりこむ。ブラムが不機嫌な顔を向けてきた。

「アーサー、歩道はきたないにちがいないから――」

「――彼女は行き先をうかがわせる手がかりをまったく残さなかった！　それが鍵だ。もしきみがこの地区のことをなにも知らなかったとすれば、どこへ行くだろう」

アーサーは地図の上を、それがブライユ式点字で記されたものであるかのように、指先でなぞった。

「メトロポリタン駅から波止場へまっすぐに歩いただろうね。そして、そのあいだに香辛料の店は一軒も見当たらなかったということになる」

アーサーは地図を凝視した。

「波止場へまっすぐに歩いていく」彼は言った。「まっすぐに！　それだ！」

「なにが言いたいのかさっぱりわからんが」

「波止場へまっすぐに歩いていく。もちろん、できるだけまっすぐな経路をたどってだが、それができるのは、きみがそこへ行き着くすべを知っているからだ！　だが、サリーはもっともまっすぐに近い経路などは知らなかったはずだ。さっき、わたしがウェルクローズ・スクエアのところで、左に折れかけたのを憶えているだろう？」

「ああ」意味がつかみかけてきたような感じで、ブラムが言った。「あの街路は、あそこであの方角へ転じているように見える。しかし、実際には波止場へはつづかず、東へ、ケーブル・ストリートのほうへまわりこんでいくんだ」

「だが、わたしはそのことを知らなかった！」アーサーは躍起になって言いたてた。「きみがまちがいを正してくれなかったら、わたしはあのスクエアに入りこんでいただろう！」

アーサーはさっと立ちあがった。車道へ駆けだし、あやうく大きな四輪馬車に轢かれそうになった。鼻を鳴らす馬が、すれすれのところを通りすぎていったのだ。馬車の御者が悪態のように聞こえることばを叫んだが、ろくに注意をはらっていなかったアーサーには、男がなにを言ったのかよくわからなかった。身をひるがえし、北のレマン・ストリートのほうへ、波止場から遠ざかる方角へ、走りだす。ブラムがすぐあとにつづいた。

ウェルクローズ・スクエアの中央部には二階建てのセント・キャサリン教会がそびえたち、その左側上方にネプチューン・ストリート監獄の建物が顔をのぞかせていた。スクエアの東端には、ロンドン海事学校に隣接して、メソジスト・マリナーズ教会によって運営される水夫のための簡易宿泊所があった。スクエアの混沌とした建物群を見渡したアーサーは、イーストエンド全体がこのスクエアの奇妙に混合した建築様式に倣おうとしているのではないかという思いを禁じえなかった。このスクエアには、教会、そして監獄、最後には貧民窟。イーストエンドにも、教会、そして監獄、最後には貧民窟。

浅黒い顔をした水夫たちの集団のあいだに目をやると、スクエアの向こう側にも一軒の東洋風店舗があるのが見てとれた。アーサーは気をはやらせて、そこへ走っていった。

だが、そこの店員はさきほどの老人と同じく、なんの助けにもならなかった。その男は東洋人の末裔ではあったが、タトゥーには関わっていないという。アーサーはふたたび信念がぐらつくのを感じ、気落ちしながら立ち去った。

「もう耐えられない、ブラム。われわれは推論を尽くした。わたしの論理は議論の余地なく正しい。さっき述べたように、その推論は整然と順に段階を踏んでおこなった。二足す二は四になるのと同じく、サリー・ニードリングがこのスクエアに入りこんだことは明白なんだ。それがまちがっているというのは筋が通らない」

アーサーはまたすわりこんだ。冷たい地面に尻をつき、水夫のための簡易宿泊所の壁にもたれこむ。頭上の壁面に、小さな窓がふたつあった。それらの周囲に木製の掲示板があり、そこにこの宿泊所の決まりが記されていた。〝すべての水夫を歓迎〟。〝東洋人歓迎〟。〝この構内ではアルコールは禁止〟。内部から漏れるランプの光が掲示板を照らし、アーサーの帽子に赤い反射光を投げかけていた。

ブラムがアーサーの前に立ち、同情の目を向けてきた。

「残念だが、友よ、どうやら論理というやつは、ロンドン塔の周辺や、われわれに与えられる指針は狂気しかないイーストエンドの貧民街では、息絶えてしまうらしい」

「家に帰ろう」ブラムがあとを受けて言った。「そして、ひと晩ゆっくりやすもう。きみは疲れきったように見える。あすになれば、たぶんその頭のなかに新たな発想が生まれて、それが――」

ブラムが途中で口をつぐんだ。喉まで出かかったことばを、はっとのみこんだようだった。ブラムの顔に、アーサーがこれまで見たことがなかった奇妙な表情が浮かんでいた。

「ブラム？　どうかしたか？」

「ちきしょう、こんちきしょうめ。ファック」

ブラムは完全に気がふれたように見える。アーサーはため息をつき、壁に頭をあずけて、脚の上で両手を組んだ。穏やかに友を諭す。

「ここが水夫たちの土地であることはわかっているが、だからといって、きみが水夫のような悪態をつくことはないんだぞ」

ブラムが妙な笑い声でそれに応じた。アーサーはだんだんと心配になってきた。ブラムは急に、いつものウィットを失ってしまったのか？

「自分の目が信じられない」まだ笑いながらブラムが言った。「アーサー、立ってくれ」

アーサーはぶるんと首をふって、地面から立ちあがった。二、三度、コートを手ではたいて、土くれをはらい落とす。

「よし、まわりを見るんだ」とブラム。

アーサーはまわりを見て、水夫のための簡易宿泊所のほうへ顔を向けた。

アーサーの顔のすぐ前、六インチとないところに、ペンで紙に描かれた三つ頭の鳥の絵があった。壁に掲げられているいくつもの木製掲示板のなかの、〝東洋人歓迎〟と記された掲示板に、それが貼りつけられていたのだ。その絵は、アーサーがコートのポケットに押しこんでいる紙に描かれているものとそっくりだった。

「どうせなら、シャーロック・ホームズがこの発見をやってくれるところを見たかったね」ちゃかすようにブラムが言った。

アーサーはにやりとした。途方もない勝利のよろこびがこみあげてくる。

「いっしょに来てくれ」穏やかに彼は言った。

ブラムをあとに従えて、メソジスト教会が運営する水夫のための簡易宿泊所をまわりこんでいくと、教会からかなり遠ざかった横手の壁面に通用口が見つかった。そこにもやはり、いくつかの掲示板が建物の外壁に掲げられていた。それらの掲示板に記されている文字は何本かの線が複雑にからみあう東洋のもので、アーサーはアニック城（英国ノーサンバーランド州アニックにある古城）の前の迷路めいた生け垣を思い起こした。

「ここには、東洋の水夫たちのための別棟が建てられているんだ」アーサーは見つけたものの意味を咀嚼しながら、ゆっくりと言った。「彼らは船が埠頭に係留されているあいだ、安い料金でここに宿泊できる。となれば、ちょっとしたコミュニティができているだろう。水夫たちはここでさまざまな物品を交換する。アルコールや煙草、アヘンやそれを吸引するための新品のパイプといったものを。そして、当然、住み込みの彫り師がいるだろう」

アーサーがその建物に入りこむと、騒音が壁のように押し寄せてきた。東洋のありとあらゆる港からやってきた水夫たちが大声で言いあったり、異国語の悪態を叫んだり、音程がめちゃくちゃな囃し歌を歌ったりしている。一隅に水夫の一団が、缶詰に押しこまれたかのように、ひとかたまりになっていた。その何人かは三脚のパイプでアヘンを吸っており、ほかの者たちはすでに意識朦朧となって、床や仲間の脚の上に寝そべっている。二名の大柄な禿頭の東洋人がなにかのボトルを手に持ち、そのなかに満たされている粘り気のある液体をぎらぎら光る注射器に注入していた。ボトルはどちらも小ぶりで、〝フレデリック・バイエル＆カンパニー　幼児就寝時の咳を緩和する純正ヘロイン〟と記されたラベルが貼られている。近くにいる一群が、モルヒネの大瓶で似たような作業をしていた。国際関係の実情を表わすその光景を、アーサーはじっくりと観察した。ヘロインはドイツの、モルヒネは英国の、阿片は中国のものであり、そのすべてが自由に取り引きされ、やがてこの全員が意識朦朧となって、それぞれの甘く鮮烈で奇怪な幻想に浸りこむことになるのだ。

アーサーは、このドアをくぐってくるサリーとモーガンを思い描いた。ステュクスの川（ギリシャ神話に出てくる黄泉国の川）を渡るふたりの乙女だ。アーサーは大声でそれを言った。

「きみがヴェルギリウスだとしたら、わたしがダンテということになるのかな？」ブラムがジョークでそれに応じた。

「それはあべこべだとわたしは思うが」アーサーは言った。

こざっぱりした黒のスーツ姿の雇い人が、アーサーとブラムのほうへ近寄ってくる。細身の白人男で、その話し方にはスコットランド高地のなまりがあった。

「おふたりはどの船からここへおいでになった？」薄笑いを浮かべて男が言った。

「たぶん、カロンの船（ギリシャ神話に出てくる死者の魂を冥土へ運ぶ船）だろうが、その話は当面わきに置こう」宿泊所の雇い人はブラムが言ったことの意味がのみこめなかったようだが、内心を顔に出すことはなかった。

「われわれはふたりの若い女を探しているんだ」

「ここにいる男たちの半分は同じことをしますよ」雇い人が言った。「彼らには女を買えるほどのカネはないでしょうがね。しかし、おふたりはそうではないように……」アーサーとブラムを上から下へ、山高帽からよく磨かれた靴まで、じろじろと見た。「わたしはペリーと申します。お求めのものを見つけだすお手伝いができると存じます」

「ありがとう」アーサーは言った。「しかし、われわれが探しているのは、今夜ここにいる若い女たちではないんだ。ここに何カ月か前、ことによると一年かそこら前に来た、ふたりの若い女を探している。彼女らはここの住み込みの彫り師に用があって来たはずなんだ」

ペリーが顔をしかめる。このふたりの紳士からかなりの大金をむしりとれるだろうと期待していたのだ。

「その男なら裏の部屋にいますよ」彼が奥の戸口を指さした。「彼との会話をおすませになったところで、おふたりのような紳士のご要望に応えられるものをわたしがご用意できるかどうか、たしかめることにしましょう」

煙にまみれ、パイプの焼け焦げ痕が点々とある、ぶあついヴェルヴェットのカーテンが、ふたつの部屋をつなぐ戸口に掛けられていた。アーサーとブラムは広いほうの部屋から、静かな裏の部屋へと足を向けた。ブラムがカーテンをわきへ押しやる。

その部屋は、アヘンの煙による霞《かすみ》はそれほどひどくはなく、壁面の二、三フィートごとに燭台が取りつけられて、太いキャンドルが燃えていた。部屋の中央にあるクッションが敷かれた台の上に、トネリコの樹皮のような淡褐色の肌をした異国の水夫が、シャツを脱いだ姿で寝そべっている。うつぶせで台の上に寝そべっていて、キャンドルの光がその背中を照らしていた。水夫の背中に五、六個の色鮮やかなタトゥーが彫りこまれており、体のわきに置かれている両腕にも同じぐらいの数のタトゥーがあった。

水夫の前方に、目当ての彫り師が立っていた。生粋の日本人で、アーサーがこれまでに出会ったなかではもっとも大柄な日本人だった。頭が完全に禿げていて、露出した頭皮全体に精巧なタトゥーがくっきりと彫りこまれていた。男がアーサーとブラムのほうへ顔を向けると、その首から耳へ、そして頭部へと、色鮮やかな絵柄がつづいているのが見えるようになった。

彫り師は作業服を着ていた。ウールのズボンと白のシャツ。体の前に持っている湾曲した針の先端をブラムのほうへ突きつけながら、男が口を開く。

「外で待ってもらえますか、紳士の方々」問いかけとも断言とも取れる口調だった。そのアクセントはまぎれもなくロンドンの波止場で生まれ育った人間のもので、東洋の出身であることを感じさせなかった。喫煙のせいか、その声は低く、しわがれていた。肌と同様、体の内側も火に焼かれたのにちがいない、とアーサーは思った。

アーサーがなにも答えられずにいるうちに、ブラムがアーサーのコートに手をのばしてきた。

ブラムがアーサーのポケットから鳥が描かれた紙を取りだし、なにも言わず、彫り師の前に掲げた。彫り師が妙な目つきでそれを見つめる。アーサーは、その顔に了解の色が、そして自分の仕事への自負の念が浮かんでくるのを見てとった。

「おいよ」作業台の上で、半裸の水夫がわめいた。「さっさとすましちゃってくれねえか？」

「で、どこでそれを見つけなさった？」客の要望を無視して、彫り師が言った。

「若い女の死体。この絵柄がその女の脚に彫られていたんだ」

「死体？　だれかがおれの女客のなかのひとりを殺した？」

い、い、い、い、女客のなかのひとり？　アーサーは思ったが、口には出さなかった。

「そうだ」ブラムが言った。

「だれが？」

ブラムが少し間《ま》をとって、考えこむ。彫り師があとずさり、部屋の隅にある小さな道具台のほうへ足を運んだ。アーサーがその台へ目をやると、小さなものから大きなものまで、何ダースもの鋭い針が並んでいるのが見てとれた。洗濯ばさみサイズのまっすぐなものもあれば、長くて先端が鷗のくちばしのように湾曲した長いものもあった。彫り師が脅すように、それらの針を撫でる。

「きみではない」ようやくブラムが言った。

彫り師が笑みを返す。

「ようし、スミシー、いったん部屋を出てくれ」客に向かって言った。「この友人たちとちょっと話をさせてくれるか」

客が何度も手をふりまわし、作業の途中でじゃまをされたことにきわめつきの不快感をあらわにする。部屋を出ていくとき、男は身をかがめて、ブラムの靴に唾を吐きかけた。ブラムはそれほどたじろいだようすは見せなかった。

アーサーは、そろそろ自分が捜査の主導権を握るころあいだと感じた。

「きみはしばらく前、若い女たちの何人か、少なくともその二名に、タトゥーを彫ったね？」彼は言った。

「彫ったよ」と彫り師。「たしか、一年ほど前に何人か。単純きわまる絵柄を。あの白くて細い脚に、陰影抜きの、黒のインクだけのやつを。おれが使ったのは……」彫り師はそこでことばをとめ、道具台のほうへ身を向けた。台の真ん中あたりから、中ぐらいのサイズの針を選び取って、アーサーに手渡す。「……こいつだ」

アーサーの掌に置かれたその針は、信じられないほど軽かった。そこにそれがあるとは思えないほどだ。その針は象牙でつくられていて、太さはエンピツの芯ほどしかなかった。

アーサーが目をあげると、彫り師がこちらを見つめて、感心したようすを示すのを待ち受けているのがわかった。職人はだれしも、自分の道具に誇りを持たずにはいられないのだろう。

「これはすばらしい……器具だね」アーサーは言った。

「自分でこれをこさえたんだ。京都で」彫り師がため息を漏らし、穏やかなまなざしになった。

彫り師はしばらく郷愁の念にふけっていたが、すぐまた気を取りなおして、われに返った。

「適した種類のインクで鳥の絵柄を彫ったのは、あれが最初で最後だった」彫り師が言った。「彼女らの四人に、あの鳥の絵柄を彫った」

「四人？」アーサーは叫んだ。

「そうさ。若い女が四人いっしょに、絵柄が模写された紙を持ってやってきたんだ。あんたがいま持ってるそれとまったく同じ絵柄だった」

「彼女らの名前は？」

「ちょっと待ってくれ。銀行通帳を調べてみる。それぞれから小切手をもらったはずなんだ」彫り師の声がさらに低まり、冷ややかに皮肉るような響きが混じりこんだ。

「なるほど」アーサーは言った。「それと、この絵そのものについては？　わたしは生まれてこのかた、こんな絵柄は見たことがなかった。三つ頭の鳥はなにを象徴しているのか？　なにに由来するものなんだろう？」

「おれにもさっぱりわからん。その絵柄は悪魔そのものなんじゃないのか？　あの若い女たちはその紙を持ってここにやってきて、どうしてもこれを彫ってほしいと言ったんだ。おれは二、三度、紙に描いて練習してから、肌に彫りこんだ。この絵柄を描いた紙をここの建物の外に貼ってあるから、あんたも見ただろう？　あれが練習として描いたやつの一枚さ。おれはあれがお気に入りになってね。なにを意味するかは、あの若い女たちはなにも言わなかった」彫り師は舌打ちをした。「しかし、あんたにも察しはつくだろう？　あれをこの部屋に貼っておくと、水夫たちがあれはなんだと尋ねるようになった。船を降りて、ここにやってきた水夫たちが、この絵柄を見て、〝へえ、あれをおれに彫ってくれ〟と言うようになったんだ。えらく人気が出てきたので、おれはあれを描いた紙を外に貼ることにした。彼らにもおれと同じく、その意味はまったくわかりゃしないんだがね。なんにせよ、あれは、あの鳥は、不気味な絵柄じゃないか。そして、あれはおれの仕事を繁盛させてくれてるってわけだ」

「その若い女たちは、きみの仕事場に来たとき、どんな会話をしていた？」

「内容はろくすっぽ憶えちゃいないが、おしゃべりはさんざんっぱらやってたな。大声でしゃべってたよ。うわずった声で、針の痛みを心配するような話をしていたと思う。初めての客はだれもが、どっちかになる。声を出すのも恐ろしくて、子鼠みたいに静かになるか、おれがどうやっても黙らせられないほど、延々としゃべりつづけるか。そして、針に突かれると、だれもが叫び声をあげる。薬を倍の量、与えないといけなくなるんだ」彫り師は台の上に置かれている注射器を身ぶりで示した。

「モルヒネ？」アーサーは訊いた。

彫り師がうなずく。

「それと、近ごろは輸入品のヘロインも打つようにしてる。あれはモルヒネほど眠気を誘わず、おとなしくさせるだけのように思えるんでね」

「われわれは、その若い女たちはなにかの会の一員だったと考えているんだ。あるいは、なにかの団体の。その女たちが参政権の話をしていたような記憶はあるかね？」

「なんだ、そりゃ？」

「気にしないでくれ」ブラムが言った。「彼女たちが話していたことをなにか思いだせないか？　ほんのちょっとしたことばとか言いまわしとか、とにかくほかのおしゃべりとはまったく異なる話はなかったかね」

彫り師が片手を頭へ持っていって、考えこむ。その手で禿げた頭皮をぼんやりとたたき始めた。時計の針が時を刻む音のように聞こえた。

「蛇口《フォーセット》」ようやく彫り師が言った。

アーサーとブラムが目を見交わす。

「フォーセット？」ブラムが言った。

「ああ、妙なことばだよな」と彫り師。「だからこそ、おれは憶えてたんだ。彼女らのひとりがなにか冗談を飛ばし、別のひとりが〝それをフォーセットに言ってやれ！〟と応じた。すると、全員が身を折って笑いだした。そして、その冗談を何度も何度もくりかえした。モルヒネはよくああいう作用を生じさせるんだ。実際、あの若い女たちはみんな、体重が四十キロ前後しかなかったから、おそらく投薬量をもっと減らすべきだったんだろうな。それはともかく、彼女らは笑いっぱなしになった」

「フォーセットのことで？」

「〝フォーセットにあれをやらせてみたい！〟とか、〝いまフォーセットがここにいたら、なんと言うかしら？〟とか言ってた。そして、〝ポタッ、ポタッ、ポタッ〟と言って、笑いながら床を転げまわったんだ」

「いったいそれはなにを意味するんだろう？」ブラムが途方に暮れた顔つきになって、問いかけた。

「その意味は」アーサーは言った。「その若い女たちは婦人参政権協会全国同盟（NUWSS）の会員たちに反感をいだいていたということだ」

彫り師までが、あっけにとられたような顔を向けてきた。ブラムともども、首をかしげ、眉をあげて、アーサーを見つめてくる。

「どうしてそうとわかるんだ？」ブラムが問いかけた。

「ヘロインが全身に作用すると、実際はおもしろくもなんともないあれこれのことが、おかしく感じられるようになるからだ。できの悪いだじゃれでも、そうなる。どうやら、その若い女たちはNUWSSの指導者、ミリセント・フォーセットをあまり快くは思っていなかったようだ」

「アーサー、きみはホームズに引けをとらない名探偵だ。恥を忍んで言うが、わたしはそのミリセント・フォーセットという名に心当たりがないんだ」

アーサーは、自分もその女性の名に心当たりがなければよかったのだがと思って、ため息をついた。

「わたしがエディンバラ選挙区から総選挙に出馬したことは憶えてるだろう？」

「もちろん」意外な問いかけだと思いつつ、ブラムが言った。

「そのとき、わたしが教皇の手先だという悪辣な風評が立ったために、わたしへの支持が低下したことは憶えてるか？」

「ああ。卑劣な噂が流されたね。たわごとが」

「そのとおり。そして、それを流布させたのがミリセント・フォーセットだったんだ」

22　大空白時代

おそらく、シャーロック・ホームズにまつわるすべての不可思議のなかで最大のものはこれであろう。彼のことを話すとき、われわれはつねに変わらず、彼の実在性という幻想に陥ってしまうのだ。

――T・S・エリオット『シャーロック・ホームズ短篇全集』
（一九二九年刊行）への書評

二〇一〇年一月九日（つづき）

ハロルドとセイラがうらぶれたインターネット・カフェの椅子にすわり、ティーをすすりながら、ふたつの薄暗いコンピュータ画面を見つめている。その三つほど左側の席で、四十代のがっしりした男がさかんに画面をクリックして、オンラインポルノ・サイトのページをくっていた。

ここに来る前、ふたりはタクシーのなかで、ホテルへひきかえした場合の危険性に関して長々と話し合いをおこなった。運転手は、その会話の結果がどうなるかに興味津々のようすだった。最終的に、ハロルドとセイラはこのような結論に至った。あの黒い車の男たちは——山羊ひげ男と、銃を持ったその助手は——こちらがだれであるかを知っていたにちがいない。だとしても、やつらがいつからこちらを尾行していたかは、だれにもわからないのでは？　ホテルは安全と見なすわけにはいかない。ならば、真っ先になすべきは、セイラがアレックス・ケイルのデスクからくすねてきたUSBメモリの中身にアクセスすることだ。そのようなわけで、ふたりは運転手に指示して、ケンジントン・インターネット・カフェの前でタクシーを降り、いまこうしてUSBメモリの中身を調べているのだった。

ハロルドはまだ、さっきのカーチェイスの際にセイラがやったクールな対応に感心していた。あのとき、じつのところ自分はびくついていて、突進してくる車の前に立ちふさがることができたのは、その行動のみにすべての意志を集中していたからこそだった。ところが、セイラは躊躇なくタイヤのそばにかがみこんで、前後のタイヤをパンクさせた。自分のほうは、疑問と疑念と不安という、際限のない混乱の渦に呑みこまれているような気がした。書物の外の世界はすべて、ハロルドにとっては不可思議なのだ。だが、セイラはつねに事情を理解しているように見える。自分も彼女のようになりたいものだ。

USBメモリを開いたとき、これは大当たりだとハロルドは思った。そのなかに、

〝ACD BIO DRAFT 12.14.09〟という名称の付いた、有望そうに見える大きなテキストファイルがあったのだ。その文書を開くと、やはりあれがあった――待望久しい、アレックス・ケイルによるコナン・ドイルの伝記の最新草稿が。この草稿のなかに、失われた日記にまつわる長い一章があるにちがいない、とハロルドは考えた。彼はどこでそれを発見したのか、そしてそれにはなにが記されていたのか。

それから二時間を費やして、ハロルドは伝記の草稿に目を通し、セイラのほうは、かたわらでグリーンティーをすすりながら、自分宛てのEメールをチェックしていた。そのあいだに、彼女は一度、電話をかけるために席を外し、さらにまた一度、かかってきた電話に出るために外へ足を運んだ。

ハロルドは迅速に草稿を読み終えた。コナン・ドイルの人生の詳細については――一八五九年にエディンバラで生まれ、エディンバラ大学で医学を学び、一八八五年にトゥーイと結婚したことなど――すでに大半がなじみになっていたので、通常より迅速に読み通すことができたのだ。

アレックスの文章は愛にあふれ、稀覯書を発見したことに有頂天になっているように思えた。コナン・ドイル自身が書いた、〝決意の顔、確固とした決断〟を模倣している部分もあるように見えた。それは、ボーア戦争の地へおもむいたアーサー・コナン・ドイルが、英国郵政公社（P&O）の定期船のステップをくだって、ケープタウンのうすよごれた港に降り立ったときのことを記した一節だ。もったいぶってはいるが、感染力のある一文で、ハロルドはそれを読んでうれしくなった。コナン・ドイルがベッドの上で、愛するふたりめの妻の腕に抱かれて息を引き取る部分になると、目が潤んできた。二十三年間連れ添ってきた妻の涙に濡れた顔にコナン・ドイルがささやきかけた末期のことばは、〝きみはすばらしい〟だった。アレックスが殺風景なホテルの部屋で孤独な死を迎えたことを思いかえすと、涙どころか目が顔から飛びだしそうな、全身の筋肉がめちゃくちゃに張りつめてくるような感じになった。ふりかえると、アレックスが死んでからの数日間、自分はその死を悼む時間をとったことがなかった。その損失の大きさを測ることもしなかった。実際、もし自分が日記を発見したとして、それがどうだというのか？　アレックスを殺した犯人を自分が突きとめたとして、それでどうなるというのか？　犯人が終身刑になり、刑務所で惨めな余生を送ることになったとして、それがどうだと？　アレックスはもはや、ライフワークを完成させることも、それを上梓することもできない。新たなプロジェクトに取り組むこともできない。彼の声は失われ、ここに書かれている文章はその執筆者のなかに永遠にうずもれてしまった。その文章とは――ハリー・フーディニが、超自然現象の存在に関するコナン・ドイルのかたくなな信念に挑戦して、純粋な魔法などは存在しないことをきっぱりと証明しようとしたときのものだった。フーディニはさまざまな芸当をつぎつぎに演じてみせることでそれを証明しようとし、カードの束から一枚のカードを取りだすつど、そこに魔法は介在していないことを示したのだが、それでもコナン・ドイルはそれを信じることを拒んだ。〝わたしはわずかな手の動きでこのカードを取りだしたのであって、超自然的な力は働いていない〟とフーディニが言ったであろうことは、だれにでも想像がつく。〝それでも、このカードはここにある〟。コナン・ドイルがそれにどう言いかえしたかも、想像がつく。〝しかし、そのようになったことは、わたしにとっては魔法なんだ〟。ハロルドはナプキンで涙をぬぐって、洟《はな》をかみ、その安っぽい白い紙を固く小さく丸めてから、ゴミ箱に放りこんだ。

このときになって初めて、ハロルドは悟った。自分がこの捜査をしているのはアレックスのためではない。自分のためだ。自分は謎解きのためにこれをやっているのだ。最終的な解答は、自分の目には見えないところ、暗雲の彼方にある天上に隠れている。正義などは関係ない。これは自分にとって、ひとつの謎解きなのだ。

画面から目をそらしたハロルドは、かたわらにセイラがいないことに気がついた。カフェの表側のガラス窓ごしに、彼女が外の街路に立ち、勢いよく電話でやりとりをしている姿が見てとれた。この数日、彼女は何度も謎めいた電話をしていて、その際はいつもハロルドのそばを離れて、話を聞かれないようにしていた。ハロルドは妄想的になるまいと心がけてはいたが、今回は、あの男に銃を突きつけられた直後なのだ。あれは人生でただ一度の経験であり、二度とあんな目に遭わないことを強く願わずにはいられなかった。

「だれと電話をしていたんだ?」セイラが戻ってくると、彼はそう問いかけた。

「ニューヨークにいる、わたしの編集者」とセイラは答えた。「彼、このヤマにひどく興奮してたわ」

「へえ? 彼になにを話したんだ?」

「たいしたことは話してない。仕事が進捗してるってこと。あなたはこのヤマにまつわる魅力的なキャラクターってこと。彼、わたしたちがニューヨークに戻ったときには、ぜひあなたに会いたいって」

ハロルドには、どちらが――セイラが自分を魅力的なと言ったことなのか、ニューヨークにいっしょに戻るという思いつきなのか――より自分をいい気分にさせたのか、よくわからなかった。

それにしても、編集者と話をするためにわざわざ外へ出ていったというのは、妙なことのように思える。だが、ハロルドはその疑念を口に出さないようにした。

「ぼくもぜひ、きみの編集者に会いたいね」彼はそれだけを言った。「この件が完全に決着したときに」

「それはそうと」彼女が言った。「なにが見つかったの?」

「これにはどことなく奇妙な部分があってね」

「ふうん、そうなの?」

「失われた日記に――一九〇〇年の十月から十二月ぶんの日記に――書き残されていたアーサーの人生には、目新しいものはなにもなかった。その間の日々に関する記述はほんの数ページしかなく、しかもそれらはどれも公にされた記録にあるものなんだ。秘密はひとつもなかった」ハロルドは画面に表示されたページをくっていった。「これでわかるのは、コナン・ドイルが故郷のエディンバラ選挙区から出馬して、選挙に惨敗したこと、クリケットをよく楽しんでいたこと、スコットランドヤードを訪れて、なにかを調べたこと、そして最後にシャーロック・ホームズを生きかえらせたことだけだ。こういった事柄はどれも、これまでに何十と出版されたコナン・ドイルの伝記に書かれていることでね。ぼくらはみんな、とうに知っていることばかりなんだ」

「ちょっと待って」セイラが言った。「わたしにとっては、とうに知ってることなんかじゃない。アーサー・コナン・ドイルがスコットランドヤードを訪れて、なにかを調べた？」

「ああ。彼が当時やっていたことに関しては、数多くの新聞が記事にしているんだ。彼はだんだんと……どう言うか、年を経るごとに、だんだんと〝奇矯に〟なっていった。だれかが彼を殺そうとして、その郵便受けに郵便爆弾を送りつけたとか。言うまでもなく、その企ては失敗に終わったがね。それでも、アーサーはスコットランドヤードへ面談におもむくようになり、ほかの数件の事件についても本格的な捜査をおこなった。ある時点で、彼は連続殺人事件の犯人を追っていると本気で考えるようになったが、けっきょく、たいした成果にはつながらなかった」

「追いかけた犯人を捕まえられなかったってこと？」

「そう。というより、ヤードがそれを連続殺人事件と見なしていたようには思えないんだ。その数年前、〝切り裂きジャック〟がロンドン全体を震えあがらせていたから、アーサーは作家としての感性を最大限に発揮しようとしていたんだと思う。なんにせよ、新聞はよろこんでそれを記事にし、世間のひとびとはアーサー・コナン・ドイルが自分たちの味方だと知って、よろこんだ。事実、年がたつにつれ、民衆はたびたび、彼をまた大事件の代理捜査官に任命しろとスコットランドヤードに強く要望するようになった。一九二六年、アガサ・クリスティー失踪事件が起こると、すべての新聞がコナン・ドイルを捜査に関与させることを訴える社説を掲載した。そして、ここがおもしろいところだと思わないか？彼はそれをやった。そして、彼女を発見したんだ。彼女はある日、ロンドンの田園地帯へ車で出かけ、それっきり帰ってこなかった。彼女の車が木に激突した状態で発見されたが、血痕はなく、死体もなかった」

「なんですって。コナン・ドイルはどうやって彼女を発見したの？」

彼は、その一帯にある、徒歩で行ける——というか、徒歩で行けた——鉄道駅はひとつしかないこと、そして、だれにも見とがめられずに乗れる列車は一本しかないことを、正確に推理したんだ。どうやってか、正直、どうやってかは忘れたんだが、彼は彼女が列車を降りたにちがいない駅を正しく推理した。そして実際、三日後に、その駅のある町に偽名で滞在していた彼女を夫が見つけだした。彼女は、夫がほかの女性と関係を持っているのを知ったあと、心神耗弱になっていたらしい。まったく悲しい話さ」

「ワオ。でも、それは失われた日記とは無関係なことじゃない？」

「うん」

「じゃあ、こういうことね。コナン・ドイルはスコットランドヤードの代理捜査官として仕事をし、そのあと——その直後——シャーロック・ホームズを生きかえらせた？」

「ああ。大空白時代は一九〇一年、『バスカヴィル家の犬』の刊行をもって終焉を告げた。シャーロック・ホームズは八年ものあいだ死んでいたのに、突然、理由はなにも明らかにされないまま、アーサーの決断によって、生きかえってきたんだ。彼がまた探偵小説を書くのをいやがっていたことは、だれもが知っていた。本人は、カネのためだとみんなに説明したが、それはまったく筋が通らない。彼はすでにカネはたっぷりと持っていたし、それだけでなく、その時点において、世界のあらゆる出版社と雑誌社から白紙小切手による執筆依頼を受けていたんだ。なぜ、そんなときに？　そして、なぜホームズをあれほど……あれほど異なった人格にして、呼びもどすことにしたのか」

「異なった？」興味をそそられたように、セイラが尋ねた。

「そうなんだ」ハロルドは言った。大空白時代が終わって、ホームズは戻ってきたんだが、その後の作品における彼の性格は、まったく異なっていた。以前より卑しく、冷たくなった。情報を得るために証人を操作するということをやり始めた。みんなに嘘をつくようになった。おのれの目的に役立つと考えた場合は、自分も犯罪に手を染めるようになった。ある女性の家に入りこめるようにするために、そこの女中を誘惑して求婚するなんてこともやった。そして、目的を果たすと、その女中に声もかけなくなった。まぎれもないろくでなしに変貌したんだ。英国の司法への忠誠心を捨ててしまったようにも見えた。彼は突然、判事兼陪審として行動するようになり、捕まえた犯人に自分が懲罰を加えるということまでやりだした。以前の彼はスコットランドヤードと協力して仕事をしていたのに、復活後の彼は完全に独立した行動をとった。そして、警察《コップ》を心底から軽蔑し、敵視するようになっていた。たしかに、ホームズ・シリーズでは警察官はつねに、彼の聡明さをより際立たせるための愚か者として描かれているが、大空白時代後のコップはただの能なしでしかない。ホームズは彼らをまったくあてにしなくなったんだ。

大空白時代にまつわる疑問、アレックスによる伝記のなかにも答えが見つけられないように思える疑問は、こうだ。姿を消していたあいだに、いったいホームズになにがあったのか？」

「その疑問は、わたしにはこんなふうに聞こえるわね」じっくりと考えながら、セイラが言った。「そのあいだに、いったいアーサー・コナン・ドイルになにがあったのか？」

（下巻へつづく）

ホッグ連続殺人

The HOG Murders

ウィリアム・L・デアンドリア

真崎義博訳

雪に閉ざされた町は、殺人鬼の凶行に震え上がった。彼は被害者を選ばない。手口も選ばない。どんな状況でも確実に獲物をとらえ、事故や自殺を偽装した上で声明文をよこす。署名はＨＯＧ——この難事件に、天才犯罪研究家ベネデッティ教授が挑む！　アメリカ探偵作家クラブ賞に輝く傑作本格推理。解説／福井健太

訳者略歴　1948年生，1972年同志社大学卒，英米文学翻訳家　訳書『脱出山脈』ヤング，『不屈の弾道』コグリン＆デイヴィス，『スナイパー・エリート』『ターゲット・アメリカ』マキューエン＆コールネー（以上早川書房刊）他多数

HM=Hayakawa Mystery
SF=Science Fiction
JA=Japanese Author
NV=Novel
NF=Nonfiction
FT=Fantasy

シャーロック・ホームズ殺人事件《さつじんじけん》
〔上〕

〈HM㊹⑦-1〉

二〇一七年二月十日　印刷
二〇一七年二月十五日　発行

（定価はカバーに表示してあります）

著者　グレアム・ムーア
訳者　公手成幸《くでしげゆき》
発行者　早川浩
発行所　株式会社早川書房
郵便番号　一〇一－〇〇四六
東京都千代田区神田多町二ノ二
電話　〇三－三二五二－三一一一（大代表）
振替　〇〇一六〇－三－四七七九九
http://www.hayakawa-online.co.jp

乱丁・落丁本は小社制作部宛お送り下さい。送料小社負担にてお取りかえいたします。

印刷・信毎書籍印刷株式会社　製本・株式会社明光社
Printed and bound in Japan
ISBN978-4-15-182551-4 C0197

本書は活字が大きく読みやすい〈トールサイズ〉です。